DUMONT NOIR

W0323954

Die Originalausgabe erschien unter dem Titel:
Death will have your eyes
© 1997 St. Martin's Press, New York

Deutsche Erstausgabe

Die Deutsche Bibliothek – CIP-Einheitsaufnahme
Sallis, James:
Deine Augen hat der Tod / James Sallis.
Bernd W. Holzrichter (Übers.). – Köln : DuMont, 1999
(DuMont Noir ; Bd. 7) Einheitssacht.: Death Will Have Your Eyes <dt.>
ISBN 3-7701-4824-X

Erste Auflage 1999
© 1999 für die deutsche Ausgabe: DuMont Buchverlag, Köln
Alle Rechte vorbehalten
Umschlag- und Reihengestaltung: Groothuis & Consorten
Gesetzt aus der Elzevir und der Antique Olive
Gedruckt auf säurefreiem und chlorfrei gebleichtem Papier
Satz: Greiner & Reichel, Köln
Druck und Verarbeitung: Clausen & Bosse, Leck

Printed in Germany
ISBN 3-7701-4824-X

James Sallis

Deine Augen hat der Tod

Ein Roman über Spione

DuMont Noir 7

Aus dem Englischen übersetzt von Bernd W. Holzrichter

Für Adrian und Clif

Kommen wird der Tod,
und er wird deine Augen haben.

Cesare Pavese

1

Der Mann hatte den Mund ständig offen, wollte etwas von mir, aber es war eine Sprache, die ich nicht kannte. Kein Mandarin. Kein Thai, kein Vietnamesisch. Bloß Laute. Seine Stimme stieg und fiel in der Tonhöhe. Schreiend, fordernd. Ich schüttelte den Kopf, der säuerliche, faulige Geruch meines Körpers überspülte mich in Wellen, die Zunge war so geschwollen, daß ich nicht reden, nicht antworten konnte. Bald würde der Schmerz wieder einsetzen. Und ich würde mich erheben, unter der Zimmerdecke schweben und hinabblicken. Ein Zuschauer. Abseits.

Abrupt wurde ich wach, beeilte mich, die Traumwährung in Münzen einzuwechseln, die ich ausgeben konnte. Die Morgensonne fiel mit blendender Helligkeit durch das Oberlicht auf den Futon. Die breiten Schatten waren nicht die Stangen oder Latten eines Käfigs – nur die Blätter von Pflanzen in Hängekörben über mir. Das Geräusch war nur das Telefon.

Sonst nichts in dem Zimmer. Keine Fenster. Der Futon, ein lackierter Bambuswandschirm, eine Fläche, heller Holzfußboden – die Nut- und Federverbindungen waren mein eigenes Werk. Fast so nahe, wie die reale Welt der verordneten Einfachheit östlicher Zeichnungen nahekommt.

Und auch niemand sonst. Außer Gabrielle und mir.

Sie schlief quer auf dem Futon, mein Kopf lag in ihrem Schoß. Um dem Licht zu entkommen, drehte ich mich. »Oh ja, *bitte*«, sagte sie. Aber das Telefon wollte offenbar nicht aufhören zu läuten, also schlängelte ich mich über das Bett, um den Hörer abzuheben. Gabrielle griff nach mir und hielt mich fest.

Ich lauschte einen Moment und legte auf. »Falsch verbunden«, sagte ich zu ihr. »Ich bin *richtig* verbunden«, sagte sie, und ihr Kopf nahm den Platz ihrer Hand ein, doch ich bremste sie, wickelte schwarzes Haar um meine beiden Hände und zog sie zu einem gemächlichen, entspannten Kuß zu mir hoch.

»Ich laufe eine Runde«, sagte ich. »Den ganzen Modder ausspülen. Kommst du mit?«

»Um *sechs* Uhr *morgens*?«

Bei Gabby wußte man nie, welchen Akzent man zu hören bekam. Den meisten Einfluß hatten eine irische Mutter und ein patrizischer mexikanischer Vater, aber ihre ausgedehnte Familie war reines Gulasch. Dad hatte sich davongemacht, als sie drei war, und sie und ihre Mutter wanderten jahrelang von Haushalt zu Haushalt, von Familie zu Familie, von Land zu Land. An diesem frühen Morgen war der Akzent britisch, die beste Wahl, nehme ich an, um Abstufungen höflicher Empörung zu äußern.

»Okay. Aber sag mir später nicht, ich hätte dich nicht gefragt. Und jetzt schlaf weiter, du kleine Landpomeranze.«

»Romanze?«

»Pomeranze. Halbe Stunde, maximal, selbst bei Gegenwind. Ich bringe Frühstück mit.«

»Und ich dachte gerade, du bist das Frühstück.«

»Miss, haben Sie schon mal daran gedacht, sich ein Hobby zuzulegen?«

»Keine Zeit für so was.«

»Darauf wollte ich hinaus.«

Sie zuckte die Achseln. »Man hält sich an das, was einem liegt. Nun lauf schon los«, sagte sie und war bereits wieder eingeschlafen, bevor ich Shorts und Schuhe angezogen hatte.

Einen Moment stand ich vor dem Futon, betrachtete sie – ihren kompakten braunen Körper auf den hellblauen Laken, die Brüste ein kleines bißchen zu schwer, der Brustkorb ziemlich hoch –, und ging dann ins Bad. Schaltete das Radio ein. Mozart, eine Serenade, gespielt auf »Originalinstrumenten«, mit denen die Musiker heldenhaft um die richtigen Töne rangen. Tausende und Abertausende Dollar, Tausende und Abertausende Stunden waren für diese gefälschte Authentizität, diese hochentwickelten Falsifikate aufgebracht worden. Ich wusch mir das Gesicht, putzte mir die Zähne, stand dann am Fenster und schaute hinaus, bis das Stück zu Ende war. Bei Mozart schaltet man nicht ab.

So früh waren nur wenige Menschen im Park: eine Handvoll Jogger und Hundebegleiter; eine junge Mutter, die einen Kinderwagen schob und eine bemerkenswerte Ähnlichkeit mit Shirley Temple besaß; eine zweite Mutter mit drei Kindern im Schlepptau, die alle androgyn aussahen und von denen keines älter als fünf Jahre war; Stadtstreicher, die zur grenzenlosen Odyssee ihres Tages aufbrachen. Vögel und Eichhörnchen machten sich an den Abfällen vom Vortag zu schaffen, vielleicht in der Hoffnung, ihre Erkundungen würden ihnen helfen, diese riesigen, gefährlichen Wesen zu verstehen, die in ihrer Mitte lebten.

Leichtfüßig umrundete ich den Park, folgte einem asphaltierten Radweg und blieb auf der entgegengesetzten Seite bei einem Münztelefon stehen; es handelte sich um eine der altmodischen Telefonzellen von der Art, wie man sie nur noch selten sieht. Ich wählte eine Nummer, die ich noch allzu gut kannte. Beim ersten Klingeln wurde abgehoben.

»Das Alter hat Sie womöglich langsamer gemacht.«

»Ihnen dürfte klar sein, daß ich es nicht eilig hatte, den Anruf zu erwidern. Zuerst war ich mir nicht einmal sicher, ob ich überhaupt zurückrufen sollte. Und nach acht Jahren …«

»Genau genommen sind es erst kürzlich schon neun geworden.«

»... hielt ich es für durchaus angemessen, daß Ihr mutmaßliches Anliegen, wie immer es auch aussehen mag, ein paar Minuten warten könnte.«

»Vielleicht. Jedenfalls geht Ihr Flugzeug so etwa um zehn. American, Flug acht-siebzehn. Sie sind Dr. John Collins, ein Zahnarzt auf Urlaubsreise.«

»Sir.«

Schweigen.

»Es ist, wie Sie sagen, neun Jahre her. Ich habe einen Beruf, ein neues Leben, Verpflichtungen.«

Immer noch Schweigen.

»Ich bin nicht mehr bei Ihnen beschäftigt.«

Ein noch längeres Schweigen. Dann schließlich: »Es wird gut sein, Sie wiederzusehen, David.«

Ich legte auf und lief, energischer jetzt, den Weg zurück, den ich gekommen war. Eine leichter Wind kam auf, volles Sonnenlicht fiel schräg auf die Oberfläche des künstlichen Sees, der grelle Strahlenbündel zurückwarf. Vögel und Eichhörnchen schienen in ihrem Bemühen, uns zu verstehen, nicht weitergekommen zu sein. Genau wie ich.

Sie warteten, etwa auf halbem Weg, bei den Bänken an einer Stelle, die zum Teil von Bäumen abgeschirmt war. Hier würde man nicht viel sehen können, weder von der Straße noch von den nahegelegenen Häusern. Zumindest war etwas Überlegung investiert worden.

Einer war in Jeans, schwarzem Pulli und britischen Knights; um die Zwanzig, ein breiter, bleichhäutiger Mann mit schlechter Haut.

Sein Kopf zuckte ständig konvulsivisch zu seiner rechten Schulter hin, vollführte den gleichen winzigen, kaum wahrnehmbaren Bogen immer wieder, hin und her. Der andere war vielleicht zehn Jahre älter. Er trug einen Anzug, der einmal teuer gewesen sein mußte, mit einem gemusterten Baumwollhemd, die Manschetten ausgefranst, der Kragen verschlissen, und eine Strickkrawatte, deren Knoten bis zum Brustbein hinabgezogen war. Braunes strähniges Haar war hinter die Ohren gekämmt.

»Ihr Geld, Sir?« sagte der jüngere, als er mir in den Weg trat. »Wir wollen Ihnen nicht weh tun. Das kann in einer halben Minute vorbei sein, wenn Sie mitspielen.«

Mein Herz hämmerte wieder und wieder gegen den Brustkorb, der sich hob und senkte, als ich mich auf eine der Bänke sacken ließ. Ein Schild neben der Bank identifizierte sie als STATION NEUN (9). Fotos wiesen mich an, meine Muskeln und Sehnen zu lockern, meinen Puls mit meiner persönlichen mittleren Herzfrequenz zu vergleichen und zehn bis zwanzig tiefe Kniebeugen zu machen.

»... Sekunde«, sagte ich. Dann, verschnaufend: »Ich habe kein Geld bei mir, wenn ich laufe, Jungs. Sucht euch ein anderes Opferlamm.«

»Wir *haben* unser Opferlamm.« Der ältere. Mit gespreizten Fingern kämmte er die Haarsträhnen hinter seinem Ohr. Strich rasch mit der Nase über den Jackenärmel, der von früheren Kontakten schon feucht war. »Müssen es nur noch braten. Die Keulen.«

Ich warf ihm einen kurzen Blick zu, und in diesem Augenblick ging der jüngere zum Angriff über.

Mit Amateuren ist es immer leichter, wenn es mehr als einer ist. Man kann sie dann wirkungsvoll gegeneinander benutzen, so wie man im klassischen Judo den Schwung eines Angreifers gegen ihn selbst nutzt. Das ist die physische Seite. Außerdem werden sie zu selbstsicher: Sicherheit durch Überzahl. Und selbst diejenigen, die von dem, was sie tun, etwas verstehen, können nachlässig werden, zögern, den anderen zu kontrollieren, ihre Deckung für den einen entscheidenden Augenblick außer acht lassen.

Bei diesen beiden drehte ich mich in einer Spirale hoch und wieder abwärts, spulte mich wie eine Feder ab, traf in einer unaufhaltsamen rechtsgewandten Bewegung den jüngeren mit einem Seitwärtsschlag gegen das Knie, als ich an ihm vorbeiwirbelte, war im selben Moment an dem älteren vorbei, hinter und über ihm, als er nach unten schaute, um zu erkennen, was mit seinem Partner passiert war, und sah ihn in meiner Bewegung von einem Schlag mit der offenen Hand gegen eine Stelle direkt unterhalb des dritten Rückenwirbels zusammensacken.

Ich folgte dem Bewegungsbogen bis zu seinem natürlichen Haltepunkt und richtete mich besorgt auf. Die Reflexe verliert man nie, aber die Feinheiten schleifen sich ab. Man verliert die präzise Nuancierung, die den Unterschied ausmacht, ob man einen Gegner betäubt oder ihm einen bleibenden Schaden zufügt. Ich befürchtete, ein wenig zu hart getroffen zu haben.

Doch das war offensichtlich nicht der Fall. Aus meiner Besorgnis heraus, zu hart und zu fest zu attackieren – in einem Moment, als ich überhaupt nicht denken, sondern nur reagieren hätte sollen –, hatte ich mich zurückgehalten. Der ältere kam bereits wieder auf die Füße und taumelte mit einem Jagdmesser auf mich zu, das er aus dem Stiefel gezogen hatte.

Ich spürte, wie jedes Bewußtsein meiner selbst schmolz, spürte, wie ich mich in Bewegung, Reflex, Reaktion auflöste.

Das Messer fiel klappernd auf den Asphalt, und der Mann lag neben einer Bank auf einem grasbewachsenen Fleck, sein Ellbogen zertrümmert, während alle Farbe aus seinem Gesicht wich.

»Bitte!« sagte er. »Oh, Scheiße. *Bitte!*«

Einen Moment stand ich dort. Gestern, noch vor einer Stunde, wäre nicht geschehen, was gerade geschehen war. Ich hätte ihnen mein Geld ausgehändigt, mit ihnen geredet. Oder wäre einfach weggerannt. Und gestern, noch vor einer Stunde, hätte ich, wenn es geschehen wäre, die Polizei gerufen und auf ihre Ankunft gewartet. Über Jahre hatte ich versucht, mich selbst abzustellen, die Systeme auszuschalten, bis ich endlich Erfolg damit hatte. Und jetzt war der Schalter wieder umgelegt worden: tief in mir, ob ich wollte oder nicht, ob ich es akzeptierte oder nicht, war ich wieder aktiviert und empfangsbereit.

In dem Wissen, daß sie Menschen mit komplizierten Biographien und unerfüllten Bedürfnissen waren, die meinen ähnelten, und wahrscheinlich nicht verdienten, was ihnen widerfahren war, ließ ich die Straßenräuber dort, wo sie waren, und kehrte heim zu Gabrielle.

Als ich gerade mit dem Frühstück fertig war, kam sie in die Küche gestolpert, bekleidet mit einem meiner T-Shirts, das bis zur Mitte ihrer Schenkel reichte, und weißen Socken, die vorher Kniestrümpfe gewesen waren und sich jetzt um ihre Knöchel bauschten. Sie nahm die Teetasse, die ich ihr entgegenhielt, schaute mir ins Gesicht und sagte: »Was stimmt nicht, Dave? Irgend etwas ist passiert.«

»Setz dich.« Ich schob ihr einen Teller mit gebuttertem Roggentoast, Obst und Käse zu. Keramikteller, irgendwo bei Tucson auf eine Töpferscheibe geworfen, vom Künstler signiert, strahlende

Blau- und tiefe Grüntöne. Ich saß ihr gegenüber, meinen Tee in einem Becher aus der gleichen Serie vor mir.

»Das wird eine schwierige Sache.«

»Ja, sieht so aus. Aber wir haben einiges zusammen erlebt. Und wir haben es immer in den Griff bekommen.«

»So etwas nicht, glaub' mir.«

Ich schaute zum Fenster, sinnierte kurz, wie es den Vögeln und Eichhörnchen gehen mochte, sah ihr dann ins Gesicht. So vertraut, so voller Bedeutung für mich. Jetzt so offen für mich.

»Alles, was du von mir weißt, alles, was du glaubst, von mir zu wissen, ist falsch.«

»Nein«, sagte sie.

»Doch. Soviel muß ich dir verraten, darauf muß ich bestehen. Aber mehr kann ich dir aus gutem Grund nicht sagen. Nicht jetzt. Jetzt muß ich dich bitten, etwas für mich zu tun. Und zwar sofort und ohne zu fragen.«

Nach einer Sekunde nickte sie.

»Ich möchte, daß du zusammenpackst, was du absolut brauchst, und ich möchte, daß du fortgehst. Nicht in deine Wohnung zurück, sondern irgendwo anders hin. Irgendwo. Vorzugsweise außerhalb der Stadt. Ich will gar nicht wissen, wo du bist. In einer Woche, einem Monat, sobald ich kann, *falls* ich kann, komme ich und finde dich.«

»Es wäre leichter, wenn ich wüßte, warum, Dave.«

»Ja, das wäre es.«

»Aber ich *muß* es nicht wissen.«

Sie war etwa zehn Minuten fort und kam mit einer großen Schultertasche und einem kleinen Koffer zurück in die Küche. Ich saß am Tisch, trank meinen Tee und schaute zum Fenster hinaus. Hörte Sirenen in der Nähe, dann, fast wie ein Echo, andere Sirenen weiter entfernt. Sah einen Krankenwagen vor einem Reihenhaus an der Straße halten.

»Fertig«, sagte sie.

»Du bist eine außergewöhnliche Frau, Gabrielle. Ich liebe dich, das weißt du.«

»Ja. Das tust du.«

Und fort war sie.

Draußen gingen mehrere Millionen Leben weiter, als wäre nichts geschehen.

Nach einiger Zeit ging ich durch den Torbogen ins Atelier. Fing an, Tuben und Farbdosen zu verschließen, Brenner und Heizplatten unter Tiegeln mit Wachs, Weichmetallen und Leim auszuschalten. Bis zu meiner Rückkehr würde viel Zeit vergehen, falls ich überhaupt jemals zurückkäme.

Am Ende des langgestreckten Raums stand vor den Fenstern das Stück, an dem ich gerade arbeitete, eine bedrohliche Masse gemischter Materialien – Sackleinen, Lehm, Metalle, Holz, Papier –, aus denen ich eine Form sich herauszulösen versuchte. Man konnte die Körperlichkeit spüren, die nackte Anstrengung und Intensität dieses mühsamen Versuchs. Ich warf eine Plane darüber, und als die Plane sich senkte, erschien mir unversehens die Form der Skulptur, das, wonach ich gesucht hatte, was ich so lange zu entdecken versucht hatte: Plötzlich konnte ich es sehen.

2

Wach in einem Motelzimmer, morgens um zwei, mit den Gedanken bei Gabrielle.

Ich war direkt nach St. Louis geflogen und hatte dann einen Anschlußflug nach Memphis genommen, wo nach der Landung eine

Nachricht – und dieses Zimmer – auf Dr. Collins wartete. Nahm, da es in der Nähe nichts anderes gab, in einem Denny's zwei Blocks weiter mein Abendessen zu mir, etwas, das sich »Schmelzpastetchen« nannte und von einer Barrikade aus nach Fisch riechenden Pommes frites auf dem Teller in Schach gehalten wurde; kam mit einem Styroporbecher mit Kaffee aufs Zimmer zurück und sah mir die erste Hälfte eines Kabel-TV-Films über einen Polen an, der sich in den KGB eingeschlichen hatte. Dann zog ich ein Buch aus meiner Reisetasche, aber von Erinnerungen ebenso abgelenkt wie von der Gegenwart, gab ich schließlich auch das auf.

Mein Zimmer war in der ersten Etage und hatte einen weiten Blick über die nähere Umgebung: Parkplatz, Straße, eine Reihe von Bars und zweitklassigen Läden auf der gegenüberliegenden Seite. Früher (und auch heute noch, nehme ich an) hatten wir Hunderte solcher sicheren Zimmer, verteilt über die Vereinigten Staaten und den größten Teil Westeuropas. Die Treppen waren Zement und Stahl. Wenn jemand sie betrat, rumpelten sie wie ferner Donner oder ein gedämpftes Schlagzeugstück, Baßtrommeln, Kesselpauken, Gongs.

Um diese Zeit des Tages kam draußen nur gelegentlich ein Truck vorbei, doch der Geruch von Auspuffgasen blieb in der Luft hängen, zahllose olfaktorische Geister. Dahinter ein Geruch von Grün, komponiert aus Pecan- und Magnolienbäumen, aus Flächen von hellgrünem Gras, aus Geißblatt, Mehltau, Humuserde: Deltaland ist üppiges Land. Noch weiter entfernt das sensorische Bewußtsein des Flusses selbst. Die untere Handbreit meines Fensters war ständig offen, der Aluminiumrahmen unbeweglich. Gerüche, Laute und Mondlicht ergossen sich über die Fensterkante in mein Zimmer. Einmal mitsamt dem Ruf einer Eule, die in dieser Stadt an der Grenze ihrer Heimat entlangflog.

Viele Jahre, länger, als ich mich erinnern wollte, hatte ich hart am Rand gelebt, auf der Schneide. Ich beherrschte, was ich machte: schnell, wenn schnell nötig war, langsam, wenn es das bessere Ergebnisse versprach, immer effizient, häufig überraschend in meinen Lösungen sowohl für das ursprüngliche Problem, als auch für die Probleme, die sich unvermeidlich daraus entwickelten. Aber dann eines Tages, als ich in Salvador einen roten Fiat brennen sah, ging mir auf, daß es für mich vorbei war – als wäre ich durch eine unsichtbare Pforte getreten, hätte den Blick gehoben und erkannt, daß sich die Welt auf für mich unergründliche Weise verändert hatte oder daß ich über Grenzen in ein fremdes Land getappt war, in der vertraute Worte unerklärliche Dinge bezeichneten.

Nicht daß ich aufgehört hatte, an das, was ich tat, zu glauben. Ich bin mir nicht einmal sicher, ob ich überhaupt jemals an das, was ich tat, geglaubt habe; es war einfach so, daß ich tat, wofür ich programmiert war, so wie ich mich selbst definierte und meine Tage absolvierte. Aber dort in Salvador kam mir der Gedanke, daß ich zu dem wurde, was ich tat – daß es für mich kaum etwas anderes mehr gab. Und sobald ich innegehalten hatte, bloß für diesen einen Moment, vermochte ich nicht mehr zum Gleichschritt zurückzufinden, hatte vergessen, wie der Tausendfüßler marschiert.

Da stieg ich herab von der Schneide, die ich mit dem Blut anderer und meinem eigenen Blut stumpf gemacht hatte.

Und die letzten neun Jahre hatte ich damit verbracht, mich in ein menschliches Wesen zu verwandeln. Hatte gelernt, zu mögen, zu fühlen, zu vertrauen, loszulassen. Anfangs war alles Form gewesen, bloßer Ablauf von Bewegungen, und oft hatte ich mich wie eine fremdartige Kreatur gefühlt, die mühsam lernt, sich anzupassen, eine gute Nachahmung des Menschlichen aufzuführen. Doch mit der Zeit wurde aus Form Inhalt.

Jetzt war ich dabei, wieder in mein altes Leben einzutreten – erst ganz kurz, gewiß, aber es gab mir bereits ein Gefühl von Vertrautheit –, und in vielerlei Hinsicht war es, als hätte es diese neun Jahre nie gegeben. Bis auf …

Bis auf die Tatsache, daß Gabrielle ein wesentlicher Teil meiner Umwandlung gewesen war. Bis auf die Tatsache, daß ich nun Gabrielle, meine Gefühle für sie und die Erinnerungen an unsere gemeinsamen Jahre in mir trug und immer in mir tragen würde. Vielleicht ist letztlich keiner von uns mehr als der Bodensatz all derer, die er gekannt und geliebt hat.

Das kraterzerfurchte Gesicht von Blaise erschien vor mir: »Sie dürfen nicht *denken*. Werfen Sie alles fort, David, lösen Sie sich, lassen Sie Ihr *Rückgrat* zu Ihrem Gehirn werden. Der Körper hat seine ureigene Intelligenz, die viel älter ist als die Intelligenz Ihres Verstands.«

Blaise hatte mich ausgebildet, uns alle. Hat uns zu überleben gelehrt. Und wenn ich in diesem früheren Leben überhaupt jemanden geliebt hatte, dann ihn. Die Agency zu verlassen, dieses Leben zu verlassen, das bedeutete nach meinem Gefühl, daß ich auch Blaise verlassen mußte: einer der wenigen Momente des Bedauerns, den ich mir gestattete, aber ein sehr tiefgehender.

In meinen Jahren als Soldat (denn so bezeichneten wir uns immer untereinander) lebte ich ohne persönliche Identität, schlüpfte so leicht, wie andere ihr Hemd wechseln, in neue Rollen und zeitlich befristete Biographien hinein und wieder hinaus. Ich war viele Menschen gewesen, hatte viele Menschen gekannt, hatte in vielen Dramen und in nicht wenigen Komödien (wenn auch unabsichtlich) mitgewirkt. Und mit absoluter Gewißheit wußte ich, daß die Geschichten, in denen wir leben, ebenso real sind wie alles andere auch. Solange wir tatsächlich in ihnen leben. Selbst wenn wir *wissen*, daß es Lügen sind.

Gegen Morgen träumte ich, Gabrielle sei über mir, bewege sich in stetem Rhythmus auf mir, den Kopf zurückgeworfen, und ihr schwarzes Haar finge das Licht vom Fenster ein. Dann veränderte sich etwas, und meine Hand, ausgestreckt, berührte nicht Haut, sondern Leinwand, Stahl, die rauhe Maserung von Holz. Ich öffnete wieder die Augen und sah sie dort über mir. Halbgeformt, ohne Leben, mit ständig zunehmendem Gewicht bewegte sie sich stetig auf mir: die Skulptur, die ich, unvollendet, im Atelier zurückgelassen hatte.

3

Kurz vor der Morgendämmerung geschah noch etwas.

Die alte Ausbildung, die alten Reflexe kamen alle auf einmal zurück, und ich weiß nicht, was meinen inneren Alarm auslöste, eine kaum wahrnehmbare Veränderung der Lautstärke draußen, ein leiser Schritt oder das bloße Gefühl einer Gegenwart, jedenfalls war ich wach, *wartete* auf das Geräusch, bevor das Geräusch da war.

Das Geräusch rührte daher, daß sich jemand an meiner Tür zu schaffen machte.

Eine Pause, Stille, dann das Anstoßen eines biegsamen Dietrichs, der ins Türschloß vordrang. Alle Sinne im Alarmzustand, konnte ich die Anspannung fast fühlen, als der Türknauf erneut fest nach rechts gedreht wurde, bis er verharrte, und in dieser Stellung festgehalten wurde. Langsam und methodisch strich der Dietrich über die Zuhaltungen des Schlosses.

Es war vorher schon einige Male passiert, wenn ich mich wie jetzt konzentrierte, und es passierte auch jetzt: Ich befand mich außerhalb meiner selbst, in einem anderen Ich. Ich beobachtete, wie meine Hände (die aber nicht meine waren) an dem Schloß arbeiteten, spürte Schweißperlen auf meinem Rücken, fühlte das Gewicht eines gefalteten Zettels in der Seitentasche meines Mantels.

Einen Augenblick lang kam es von dort wie eine gekräuselte Welle zurück. Ich saß in einem großen gemieteten Zimmer an einem Flur, der so schmal war, daß die Leute sich seitwärts drehen mußten, um aneinander vorbei zu gehen. Das Zimmer roch nach Dosenfleisch und Rindergulasch, abgestandenem Kaffee, das Badezimmer war vier Türen entfernt. Schlaf- und Wohnzimmermöbel waren wahllos zusammengewürfelt. Zeitungen waren unter einem niedrigen Fenster gestapelt, durch das man auf eine Mauer blickte, über der sich eine Andeutung von Morgenlicht zeigte.

Die Wellenkräusel breiteten sich aus. Ich war neunzehn, verängstigt und lief unter einem dichten grünen Baldachin. Wenige Minuten vorher war lauter Vogelgesang zu hören gewesen; jetzt waren die einzigen Geräusche meine Stiefel, die in Pfützen klatschten und mit einem schmatzenden Geräusch wieder freikamen, das schnatternde Stakkato der Leute, die mich verfolgten, mein hämmerndes Herz.

Und wieder klopfte mein Herz. Doch als ich jetzt die Hand ausstreckte, traf sie nicht auf Rankwerk und Gestrüpp, sondern auf die Taille einer schlanken, dunklen Frau in weißen Shorts und Sandalen. Sie fuhr im Schlaf zusammen.

Dann war alles fort, wie ein Faden, der sich aufrollt und den Weg freimacht. Ich war wieder in meinem Körper, in meinem Verstand. Wieder bei der alten Ausbildung, den alten Reflexen.

Als es ihm gelungen war, die Tür aufzuschließen, war ich aus dem Bett und in einem dunklen Winkel zwischen Regal und Wand. Als er aufs Bett zuging, zweimal stehenblieb, um gespannt zu lauschen, ging ich seinen Schritten nach. Und als ihm aufging, daß dort niemand war, und er sich umdrehte, befand ich mich hinter ihm.

»Das Wetter morgen wird freundlich sein«, sagte ich. »Temperaturen um die 18 Grad und ein leichter Südostwind, der gegen Abend auffrischt.«

Er wollte etwas sagen, schüttelte aber nur den Kopf. Er war um die Dreißig, mit flachen grauen Augen, blondem Haar, einem beigefarbenen Popelineanzug. Die Situation war ihm nicht neu. Er hatte sich viele Male in der einen oder anderen Position befunden.

»Es wäre schrecklich, einen solchen Tag zu versäumen«, sagte ich. »Wir haben so wenige davon.«

Ausgedehntes Schweigen, als seine Augen meinen Blick aufnahmen, festhielten. Dann: »Die Jahreszeiten gehen ihren Gang.«

»Ja«, sagte ich.

Wieder langes Schweigen.

»Ich kenne Sie nicht.«

Ich schüttelte den Kopf. »Ich Sie auch nicht. So kann es bleiben.«

»Ja. Manchmal ist das die beste Alternative.« Er sah sich kurz im Zimmer um. »Es scheint, der Kunde hat vergessen, mich mit den für die Ausführung des Auftrags notwendigen Informationen auszustatten.«

»Es gibt eben nicht mehr viel Professionalismus.«

»Er hat es versäumt, mir zu sagen, was Sie sind. Ich würde meinen, so viel böse Absicht setzt den Vertrag außer Kraft. Würden Sie mir beipflichten?«

»Würde ich.« Aber die absolute Humorlosigkeit dieses Mannes, die grauen Augen, rund, flach und hart wie Linsen, machten mir immer noch angst.

»Gut«, sagte er. Als draußen ein Auto vorbeifuhr, folgten seine

Augen dem Licht, das schnell über die Wand strich, sich in einer Ecke sammelte, einen Moment aufflammte und dann verlosch. »Wissen Sie, ich hatte vor, Sie zu töten.«

Ich nickte.

»Wäre ich dazu fähig gewesen?« Er starrte weiter auf die Wand, als wartete er auf das nächste Auto.

Ich streckte die Hand aus, die Handfläche nach oben. »Sie haben es nicht getan.« Und zuckte die Achseln. »Vielleicht sind die einzigen Dinge, die sein *können*, diejenigen, die *sind*.«

»Aber wissen werden wir es nie.« Philosophie morgens um fünf mit dem Mann, der gekommen war, mir das Leben zu nehmen: Wir führen ein reiches Leben hier draußen am Rand.

Sein Blick richtete sich wieder auf mich.

»Bisher habe ich erst ein einziges Mal davon abgelassen, einen Mann zu töten, den zu töten ich gekommen war.«

»Dann bin ich froh, daß ich hier sein konnte, um diesen Moment mit Ihnen zu teilen.«

Nach einigen Sekunden sagte er: »Ein Scherz.«

Ich nickte.

Er erwiderte das Nicken. »Ich war sechzehn. Ich bin in das Schlafzimmer meines Vaters gegangen, wo er, wie fast immer nachts, betrunken und schlafend lag. Ich hatte ein Messer aus der Küche mitgenommen, das schärfste, das ich finden konnte. Lange Zeit stand ich da, das Messer über seiner Brust gehoben. Ich sah auf ihn hinab und begriff ganz allmählich, daß ich ihn in diesem Moment nicht töten mußte, daß es ausreichte zu wissen, wie leicht ich es hätte tun können. Es war das letzte Mal, daß ich ihn sah.«

Er hatte sich immer noch nicht bewegt. Seine Augen blieben auf meine geheftet.

»Sein Grab ist jetzt mit Kudzu bedeckt. Kennen Sie Kudzu? Erstaunliche Pflanze. Wurde aus Japan herübergebracht, um die Erosion unter Kontrolle zu bringen. Dann hat sie angefangen, alles in Besitz zu nehmen. Klettert Funktürme hoch, bedeckt ganze Hügel ein oder zwei Fuß dick. Die Menschen müssen jeden Tag raus, um sie in ihren Vorgärten zu stutzen.«

Wieder kamen draußen Scheinwerfer vorbei, waren jedoch auf der Wand kaum zu sehen. Er ging auf die Tür zu, und ich folgte ihm.

»Der Mann, den Sie wahrscheinlich treffen wollen, ist Howard the Horse. Er wird Sie nicht treffen wollen.«

»Und wo fange ich zu suchen an?«

»Wahrscheinlich fangen Sie auf einem fettigen Löffel an der Ecke Ervay und North Main zu suchen an. Und wahrscheinlich hören Sie dort auch zu suchen auf.«

»Ein Scherz.«

Nichts. Kein Blinzeln, nicht mal ein Achselzucken.

»Mindy's Diner. Ecktisch, hinten. Der Mann trägt das ganze Jahr eine Jockeymütze, Tag und Nacht. Sieht so aus, als sei es seit zehn Jahren dieselbe Mütze.«

»Danke.«

»Nehmen Sie es als eine professionelle Aufmerksamkeit.«

»Ich bin Ihnen etwas schuldig.«

»Nein, niemand ist mir etwas schuldig.«

Zusammen gingen wir zur Tür. Ich öffnete sie für ihn.

»Genießen Sie das schöne Wetter morgen«, sagte ich.

Er blickte sich zu mir um. Nach einem kurzen Moment sagte er: »Sie auch.«

4

MAKKARONI KÄSE
ROTE BOHNEN & REIS
SENFGEMÜSE MIT PÖKELSCHWEINEFLEISCH

RÜBEN
KARTOFFELBREI
GRÜNE BOHNEN (ZWEI ZUR AUSWAHL)

Die Tafel hing an einer Seitenwand, ein Schwamm baumelte an einer dicken Kordel, die Speisekarte war in krakeligen Druckbuchstaben mit Kreide geschrieben.

Diejenigen von uns, die sich den Vierzig nähern, wurden an den seltenen Abenden, an denen Mom zur Arbeit oder aus einem anderen Grund nicht zu Hause war, von unseren Vätern in Lokale wie Mindy's mitgenommen. Das war vor der Zeit, in der an jeder Straßenecke vier Fast-food-Läden entstanden; hier hineinzugehen erinnerte mich daran, wie sehr die Dinge sich verändert hatten und wie wenig wir Notiz davon nehmen.

Zwei oder drei Berufskaffeetrinker saßen, kunstvoll arrangiert, an der Theke, deren Oberfläche aus lindgrünem Kunststoff bestand, bedruckt mit den skizzenhaften Bumerangformen, die in den Fünfzigern allgegenwärtig gewesen waren; zwei Jugendliche an einem Tisch, die mit ihren Hamburgern Fett aus den Wachspapierhüllen tunkten; dann noch ein paar ältere Leute, einige davon mit der Tagesempfehlung für 4,95 Dollar, Getränk und Brötchen inklusive.

Durch die Schießschartenluke hinter der Theke konnte ich nicht mehr als eine dampfige Ecke der Küche sehen. Ab und zu duckten sich Köpfe hinab, um in den Gastraum zu spähen, oder körperlose Hände und Arme schoben mit Speisen gefüllte Teller hindurch. Mindestens zwei Radios spielten in der Küche.

Howard the Horse saß tatsächlich an seinem gewohnten Tisch, die Jockeymütze, mein einziger Hinweis, gab mir Gewißheit. Ich war mir einigermaßen sicher, daß sie ursprünglich einmal gelb gewesen war. Howard selbst war ursprünglich schlaksig und hager gewesen. Ichabod Crane steckte immer noch dort drinnen, versunken in Nero Wolfes Leib, wartend. Als ich an den Tisch trat, riß er zwei Tütchen Zucker auf und schüttete sie in ein Glas Milch. Langsam trank er das Glas leer und beobachtete mich über den Rand, als ich mich ihm gegenüber hinsetzte. Der Zucker hatte sich als matschiger Sirup auf dem Boden des Glases abgesetzt. Er hielt das Glas gekippt, bis der Sirup in seinen Mund geflossen war. Dann setzte er das Glas auf den Tisch, hielt es weiter mit der Hand umklammert und betrachtete mich.

»Wie alt sind Sie?« fragte er.

Ich sagte es ihm.

Er schnaubte. Aus einem Nasenloch rann ein wenig Milch.

»Jung.« Obschon ich das nicht war.

Er schüttelte den Kopf, fast anmutig tupfte er die Milch mit dem Hemdsärmel weg. »War selber mal jung. Lange her, in einem fernen Land, wissen Sie. Manchmal kann ich mich beinahe erinnern. Jetzt habe ich die elementaren Krankheiten: Zucker, Magengeschwür, Bluthochdruck. Herzschwäche in meiner Familie, auf beiden Seiten, soweit man zurückdenken kann. Wenn es regnet, kann ich nicht atmen. Wenn es trocken ist, kann ich nicht atmen. An den paar Tagen, an denen ich atmen *kann*, schwellen meine Knöchel wie von Schlangenbissen an.« Er schob das Glas zur Seite. »Also, was kann ich für Sie tun?«

»Hört sich so an, als sollte ich mich mit dem Fragen beeilen, bevor Sie zusammenklappen.«

»Vielleicht sollten Sie das, mein Junge. Aber ich bin eigentlich nicht der Typ, der zusammenklappt. Höchstwahrscheinlich bleibe ich hier aufgestützt und sehe ziemlich genauso aus, wie ich sonst immer aussehe. Könnte sogar einige Zeit dauern, bis jemand den Unterschied bemerkt, wenn ich es recht bedenke.«

Er hob die Hand. Die Kellnerin schien auf sein Zeichen gewartet zu haben und goß ihm aus dem Plastikkrug hinter der Theke ein neues Glas ein. Sie brachte es an den Tisch und fragte, ob ich etwas wünsche. Ich bedankte mich und verneinte. Er nahm zwei neue Zuckertütchen.

»Wenn Sie schon keinen Kaffee und nichts zu essen wollen, was wollen Sie dann?«

»Ich habe Probleme mit dem Einschlafen.«

»Daran erinnere ich mich auch, daß ich schlafen konnte. Fast so gut wie essen oder sonstwas. Bis mittags schlafen, die Decke über den Kopf ziehen und weiterschlafen, bis es wieder dunkel wurde. Jetzt kenne ich jeden Riß in der Zimmerdecke genausogut, wie ich meine Schuhgröße kenne. Aber bei einem Mann *Ihres* Alters gibt es keine Entschuldigung dafür, daß *Sie* solche Probleme haben. Nehmen Sie sich eine Frau, mein Sohn. Oder ein heißes Bad. Eine Flasche.«

»Ganz gleich, Hauptsache, es wirkt.«

»So ist's richtig. Der gute alte amerikanische Pragmatismus.«

»Der Grund dafür, daß ich nicht schlafen kann, ist vermutlich dieser Traum, daß sich jemand mit mir im Zimmer befindet, Howard.«

Er sagte kein Wort, aber er wußte Bescheid. Er schüttete den Zucker ins Glas, trank seine Milch.

»In Voodoo-Überlieferungen«, fuhr ich fort, »übernehmen Geister die Kontrolle über die Körper von Sterblichen, leben in ihnen und benutzen sie für ihre Absichten. Die Körper nennt man *ihre* Pferde. Werden Sie deshalb *Horse* genannt, Howard?«

Er stellte das leere Glas auf den Tisch. »Sie sind der, der sich Collins nennt.«

Ich nickte.

Zwischen Angebot und Nachfrage entwickelten sich Probleme. Die Kellnerin, eine drahtige Rothaarige irgendwo zwischen dreißig und fünfzig, in Jeans mit Bügelfalten und einem Pulli mit der Aufschrift *Wer? Ich?*, hatte einige Male Bestellungen von Gästen in die Küche hineingerufen und war ignoriert worden. Jetzt nahm sie einen schmutzigen Teller vom Tresen und ließ ihn wie eine Frisbeescheibe durch das Fensterchen segeln. Mit einem hohlen Knacken zerschellte er an der Wand.

»Muß ich etwa wie letzte Woche zu euch reinstürmen? Haa? Hört mal, Jungs, wenn ihr über eure Mütter quasseln wollt oder euch gegenseitig mit Messern bearbeitet, dann ist mir das verdammt egal, aber macht das, verdammt noch mal, in eurer Freizeit! Kapiert?«

Aus der Küche ein zweifacher Schwall in Schnellfeuerspanisch: Anregungen, die physiologisch und politisch gleichermaßen unkorrekt waren.

»Ja, aber klar. Könnte lustig werden«, sagte die Kellnerin. »Aber jetzt will ich entweder in zwei Minuten meine Bestellungen in diesem Fenster sehen, oder ihr sitzt beide vor der Tür. *Comprende*, meine Herren? Und macht die Musik aus!«

Die Musik wurde nicht ausgeschaltet, aber immerhin leiser gestellt. Zwei oder drei gefüllte Teller wurden auf die Ablage geknallt.

»Mit Worten kann Linda wirklich umgehen«, sagte Howard. »Plaudert 'ner Biene das Summen weg.«

Er drehte sich wieder zu mir.

»Ich bin der Briefträger, mehr nicht«, sagte er. »Verstehen Sie das?«

»Das kann ich akzeptieren. Und ob's hübsch oder häßlich wird, ist Ihre Sache, Briefträger. Ich muß mich nach einer Rücksendeanschrift erkundigen.«

»Ich kann Ihnen einen Namen geben. Was er Ihnen nützt, kann ich nicht sagen«, verriet er mir. »Meinen Sie, Sie könnten mir noch ein Glas Milch bestellen, bevor Sie gehen? Normalerweise beschränke ich mich auf zwei, aber ...« Mit einem raschen Senken von Kopf und Hand scheuchte er davon, was diesem *aber* möglicherweise hätte folgen können.

Ich ging zur Theke, holte die Milch und stellte sie auf den Tisch. Er hielt Glas und Zuckertütchen fest und dankte mir mit einem Kopfnicken.

»Ich mach' das schon ziemlich lange«, sagte er. »Ich kenne ein paar Leute. Leute, die wie ich schon lange unterwegs sind, und mit einigen von ihnen habe ich geredet.«

Ich wartete.

»Sie sind eine Zeitlang weg gewesen. Meine Freunde haben Sie gekannt. Aber die Jungs, die das Päckchen auf die Post bringen wollten, sind eher Frischlinge im Geschäft. Schätze, sie haben gedacht, Sie sind auch ein Frischling.«

»Aber Sie sind losmarschiert und haben Ihren Mann trotzdem losgeschickt.«

Er zuckte mit den Schultern. »Wie sollen diese Jungs sonst etwas lernen? Keiner bringt ihnen mehr was bei. Seien Sie nicht zu streng mit ihnen.«

Er schüttete den Zucker ins Glas.

»Außerdem, wie schon gesagt: Ich bin bloß ein Briefträger.«

Er trank, wartete auf den Zuckerbrei, stellte das Glas ab und bedankte sich erneut bei mir.

»Passen Sie auf sich auf«, sagte er. »Viele von uns sind nicht mehr übriggeblieben.«

Niemand weiß, wieso die Dinosaurier verschwunden sind. Mit unserer Gattung ist es viel simpler.

5

Im Kabinenfenster, vor den Lichtpunkten der Stadt – die Neruda »die winzigen Feuer des Planeten« genannt hat –, sah ich: einen Mann Anfang Vierzig, der geradewegs vor allem davonlief, was ihn aufrechterhalten hatte, und auf die Dinge zurannte, die ihn beinahe zerstört hatten. Doch diese Dinge enthielten, im Grunde genommen, die Keime dessen, was er geworden war, was er war, was er (wie sehr er es auch versuchte) nicht zurücklassen konnte.

Nach dem Abschied meines designierten Mörders hatte ich mich wieder ins Bett begeben, später ein geruhsames Vormittagsfrühstück zu mir genommen und dann am frühen Nachmittag Harry meinen Besuch abgestattet. Mir blieben noch zwei Stunden bis zum Abflug, und die hatte ich Perrier trinkend in einer Bar im Flughafen verbracht. Die gleichen Menschen drängten sich durch die Gänge, die sich auch vor Jahren gedrängt hatten, als ich noch viel Zeit in Flughäfen verbrachte.

Ich war auf dem Weg nach Dallas. Die Nachricht, die in Memphis für mich hinterlegt war, hatte mich dorthin geführt, ins Day-Rest Motel in Oak Cliff, wo ich, als ich langsam durch die Wolken des Südwestens sank, zu Jorge Sanchez wurde und (darüber brauchte mich die Nachricht nicht ausdrücklich zu informieren) weitere Anweisungen abzuwarten hatte. Die Adresse, die Howard the Horse mir gab, gehörte auch zu Dallas.

Unmittelbar vor dem Start hatte eine junge Frau den Platz neben mir eingenommen, und wir unterhielten uns während des ersten Teils des Fluges ausgiebig. Sie war sechsundzwanzig, Inderin, kam gerade aus New York, wo sie lebte und als Wirtschaftsprüferin arbeitete, und war auf dem Weg zur Abschlußfeier ihres Mannes an der technischen Fakultät der Southern Methodist University. Es war eine arrangierte Ehe; ein Jahr verheiratet, hatten sie eine lange erste Woche gemeinsam verbracht und anschließend sechs Wochenenden in regelmäßigen Abständen. Ständig betonte sie, wie nervös sie sei. Jetzt, nach einigen Seiten von etwas Gewaltigem von Michener und einer kurzen Visite in einem Bändchen, das anscheinend Gebete oder inspirative Texte barg, war sie eingeschlafen. Unter uns zogen Städte wie auf dem Laufband vorbei.

Und ich dachte wieder an Gabrielle.

Ich war lange Zeit allein gewesen. Ein Jahr oder länger nach meinem Abschied saß ich in meinem möblierten Zimmer und las Sachen, die ich schon immer hatte lesen wollen, und viele andere Sachen, von deren Existenz ich nicht das geringste gewußt hatte. Ich aß in anonymen Imbißstuben und Delis, gewöhnlich mit einem Buch vor mir, und redete mit niemandem. Stundenlang ging ich durch Straßen und Parks, betrachtete eingehend Menschen und all ihre verschiedenen Arten, auf die sie sich miteinander verknüpften oder voneinander fernhielten. Und ich verbrachte ganze Tage in Galerien und Museen, wurde mir allmählich bewußt, daß meine Zukunft, welche Zukunft ich auch haben mochte, mit diesen Orten verbunden war und mit dem, wofür sie standen. Einmal, erinnere ich mich, war jede Wand meines Zimmers mit Drucken und Reproduktionen bedeckt, herausgerissen aus Büchern, die ich billig in Second-hand-Läden beim College erstanden hatte: Cézanne, Delvaux, Redon, Renoir, Dalí, Rothko – alle in einem blendenden, undifferenzierten Wirrwarr. Das war einige Zeit vor meinem ersten provisorischen Atelier und noch länger vor meiner ersten echten Arbeit, aber Atelier und Arbeit waren bereits da, in dem Halbleben, das ich lebte. Eine Zukunft hatte begonnen in dem Moment, als ich mich blind (und beim Versuch, sehen zu lernen) in ihre Richtung bewegte, und in einem Museum begegnete ich an einem trüben, gedämpften Novembertag Gabrielle.

Sie leitete dort als Teilzeitkraft Führungen, so wie sie als Vertretungslehrerin arbeitete, hin und wieder als Kellnerin, als Speerträgerin in der Oper, als Ballett- oder Tennistrainerin. Alle Tätigkeiten waren geeignet, sich gefahrlos aus dem Mainstream herauszuhalten, in der Mitte ihres eigenen Lebens zu bleiben (wie sie gerne sagte) und sich nicht allzusehr zu langweilen (wie sie lachend hinzufügte).

Eine größere Matisse-Ausstellung war in Vorbereitung, und Matisse war mit der Art und Weise, wie er nicht nur Perspektive, sondern auch Tiefe an sich aufhob, wie er mit großen Formen und Flächen aus reiner Farbe umging, in jüngster Zeit wichtig für mich geworden. Zu guter Letzt saß ich den größten Teil des Nachmittags in einem Raum, gefüllt mit Werken aus der *Fauves*-Periode. Individuen bummelten vorbei. Ein Wachmann zog unregelmäßig seine Runde. Geführte Gruppen strudelten herein und hinaus. Und dann, kurz nachdem die Schließung des Museums angekündigt worden war, kam jemand und setzte sich neben mich.

»Sie mögen diese Bilder wirklich, nicht?«

Ich nickte und sah sie an.

»Ganz besonders diese beiden.« Sie wies auf sie. Ich nickte. Sie zeigte noch einmal hin. »Es war nicht zu übersehen, als ich mit meinen Gruppen durchkam.« Sie streckte die Hand aus. »Ich heiße Gabrielle. Sagen Sie mir eins: Gehen Sie nach einem anstrengenden Museumstag üblicherweise abendessen?«

»Üblicherweise.«

»Früh, würde ich wetten.«

»Früh.«

»Und allein?«

»Fast immer.«

»Aber nicht heute abend.«

»Ich hoffe nicht.« Wir standen auf und gingen zusammen zur Tür. »Ich heiße David«, sagte ich zu ihr.

»Komm mit Gabrielle, David.«

Später am Abend kam ich zurück in ein gemütliches, sicheres Zimmer, das plötzlich nackt und kalt geworden war. Mir schienen es Stunden zu sein, während ich am Fenster stand, zu einem blutroten Mond und auf Lastwagen hinausschaute, die aus den Docks auf der anderen Seite der Straße für frühmorgendliche Fuhren beladen wurden. Mir ging durch den Kopf, daß ich gerade, ohne Vorwarnung, Fanfare oder Erwartung, eine Einladung erhalten hatte, mich wieder der menschlichen Rasse anzuschließen. Als der Morgen dämmerte, nahm ich Pavese in die Hand.

6

Zwei Tage später saß ich in Johnssons Büro und sagte: »Nein, Sir.«

Er war es nicht gewohnt, so etwas zu hören. Er ging damit um, indem er wartete, um festzustellen, ob ich fertig war, um dann, als ich nichts mehr hinzufügte, einfach weiterzureden.

»Nein, Sir«, sagte ich erneut, ihm ins Wort fallend – etwas, das er noch weniger gewohnt war. Es war zu erkennen, daß er noch nie von jemandem unterbrochen worden war. »Ich werde Luc Planchat nicht für Sie herbeischaffen. Und auch für keinen anderen.«

Wieder wartete er. Ein Vogel draußen auf der Fensterbank spähte eifrig zu uns herein. Ich dachte, wie sehr Johnsson einem Vogel ähnelte. Hohe Stirn, dunkle Augenhöhlen, die Unbewegtheit in den Augen.

»Aber offenkundig«, sagte er, »muß dies getan werden.«

»Gemäß der Information, die Sie erhalten haben, gewiß. Doch erst einmal bleibt diese Information zufälliger Natur. Und da, zweitens, Ihre eigene Agency keine spezielle nachrichtendienstliche Funktion hat, wurde der größte Teil dieser Information von einer anderen Agency eingeleitet ...«

Er nickte.

»... und zwar von einer Agency, mit der Sie in der Vergangenheit Differenzen hatten ...«

Diesmal kein Nicken.

»... und die daher mit Mißtrauen zu betrachten ist.«

»Das mag so sein. Selbstredend bewertet man nichts nach dem ersten Anschein.«

»Eingeschlossen Ihre eigene Aufrichtigkeit, wenn Sie diese Information an mich weitergeben.«

»Auch das ist zutreffend, ja. Glauben Sie, ich würde Sie anlügen, David?«

»Ohne Zögern. Schamlos. Der gute Reporter betrachtet die zersplitterten Fakten und flickt dann aus ihnen ein Paar passende

Schuhe zusammen. Es gibt stets eine Agenda: politisch, ästhetisch, persönlich. Man verbindet die Punkte. Konstellationen.«

»Sie haben natürlich recht. Ich würde tun, was immer ich für erforderlich halte, damit getan wird, was nach meinem Dafürhalten getan werden muß. Und so wären Sie, zu anderer Zeit, auch verfahren.«

»Es *war* eine andere Zeit, Sir.« Nach kurzer Pause fügte ich hinzu: »Wenn Planchat aus dem Verkehr gezogen werden muß, dann sollten sie es tun.«

»Aha: *sollten*. Ein äußerst gefährliches Wort.«

Zum ersten Mal seit Beginn unseres Gesprächs bewegte er sich, nahm die Hände von der Armlehne und verschränkte die langen Finger vor dem Bauch. Wieder dachte ich an die Fänge von Raubvögeln. In dem Zimmer befand sich kein Schreibtisch, nur Sessel mit verschiedenen kleinen Tischen daneben, viele von ihnen Antiquitäten, aufgelesen auf Flohmärkten, bei Wohnungsauflösungen oder Garagenverkäufen. Johnsson haßte Schreibtische. Haßte Menschen, die hinter ihnen saßen. Haßte Käfige.

»Wissen Sie, Beseitigung ist nicht mehr Bestandteil der Charta ihrer Agency.«

»Aber Bestandteil der Ihren.«

»Was sie schon immer war.«

Etwas, das verdächtig einem Lächeln ähnelte, schimmerte über sein Gesicht und verschwand sofort wieder.

»Sie haben Planchat geschaffen«, sagte ich. »Und dann haben sie entschieden – oder jemand hat, auf welcher Ebene auch immer, entschieden –, daß das Modell überholt ist.«

»Vielleicht eher ein Anachronismus als überholt. Das ist natürliche *ihre* Denkweise, nicht meine. Eine Killermaschine, David. Die beste und ganz sicher die kunstvollste, die je ersonnen wurde.«

»Ja. Und wenn der Maschine der Stecker rausgezogen werden muß, dann ist das ihre Verantwortung.«

»Absolut richtig. Niemand würde das bestreiten wollen. Es ist tatsächlich ihre Verantwortung. Aber es ist auch unser Job: das, was wir tun.«

»Nicht das, was *ich* tue, Sir.«

Er sah mich einige Sekunden an.

»Sehr gut«, sagte er. »Ich halte es für möglich, daß neun Jahre einen Menschen verändern können, sogar jenseits aller Kenntlichkeit.«

»Oder daß der Mensch sich in dieser Zeit selbst verändern kann.«

»Sich am eigenen Schopf herauszieht, ja. Ich höre, daß Sie jetzt ein Künstler sind. Kritiker schreiben von der ›innewohnenden Gewalt‹ und Zartheit Ihrer … nennen Sie sie Statuen?«

»*Stücke*, normalerweise. Oder einfach *Arbeiten*. Die meisten sind keine Skulpturen im klassischen Sinne.«

Er nickte. Jedem, der nicht genau hinsah, wäre es entgangen.

»Häufig wird das Wort *Grazie* verwendet. Was wohl eine seltene und wohlgestaltete Ausgeglichenheit bezeichnen soll.«

»Von einigen.«

»Natürlich: von einigen.«

Eine Zeitlang sprachen wir beide kein Wort. Auf der Fensterbank ging die Vorstellung des Vogels weiter. Dunkler werdende Wolken stupsten gegen den Himmel. Schließlich schüttelte er den Kopf, ebenso unmerklich, wie er kurz vorher genickt hatte.

»Hüten Sie sich davor, David, sich mit Erinnerungen zufriedenzugeben. Für Leute wie uns ist die Suppe zu dünn, um davon zu leben.«

Ich sagte nichts.

»Ich nehme an, daß Sie sich schließlich doch grundlegend geändert haben. Und kann nicht einmal sagen, daß es mir leid tut. Ich denke, es ist jetzt Zeit für Sie, zu Ihrer Gabrielle zurückzukehren, zu Ihrer Arbeit und zu Ihren ›Stücken‹. Danke, daß Sie gekommen sind.«

Ich stand auf und streckte die Hand aus. Nach einigen Sekunden löste sich seine Hand aus seinem Schoß und suchte zögernd nach meiner.

»Vergeben Sie mir«, sagte er. »Ich vergesse, und Sie konnten es nicht wissen. Aber ich bin seit einigen Jahren blind.«

Ich sagte ihm, daß es mir leid täte, und er solle auf sich aufpassen.

»David ...«, sagte er, als ich fast an der Tür war. »Eine einzige Bitte.«

»Ja, Sir.«

»Ein alter Freund hat sich viele Male nach Ihnen erkundigt. Suchen Sie ihn auf. Es wird Sie nicht viel Zeit kosten.«

»Blaise.«

Er nickte.

»Hier werden Sie ihn finden.«

Er hielt eine Karte in der ausgestreckten Hand. Ich ging zurück durchs Zimmer und nahm die Karte. Seine Hand schwebte noch in der Luft, als ich ging.

7

Zwei Tage später an einem Berghang in Oak Cliff; der Fernsehapparat im Motelzimmer funktioniert nicht, produziert nur trübgraue Formen und Gespenster hinter einem Vorhang aus

Punkten, und die reale Welt draußen vor meinem Fenster, in grauen Nieselregen gehüllt, ist fast ebenso unkenntlich.

Jorge Sanchez liegt, in farb- und gipsbekleckten Jeans und Pulli, wartend auf seinem Bett. Ab und zu flackert weit entfernt ein Blitz, oder bergauf kletternde Autoscheinwerfer beleuchten die Wand. Das Paar nebenan (möglicherweise ein Dreier) hat seine Bettspiele beendet, und jemand läßt dort ein Bad ein. Der jaulende Gleitlaut einer Hawaiigitarre dringt aus einem Radio in der Nähe.

Es klopft an der Tür, dann: »Pizza.«

»Sanchez?« sagt sie fragend, als ich die Tür öffne. Mitte Zwanzig und verschwitzt, mit einem Gesicht, das noch in beide Richtungen gehen könnte: in Richtung Schönheit und Charakter oder in Richtung Schlichtheit, eine Art Leere. Ihre Nase schält sich von einem Sonnenbrand. Die Haare unter einer Baseballkappe mit langem Schirm zusammengesteckt. »Macht elf neunundsiebzig.«

Ich gebe ihr eine Zehn- und eine Fünfdollarnote und sage ihr, sie könne den Rest behalten.

»Schönen Aufenthalt noch«, wünscht sie mir zum Dank. Ihr Wagen ist ein uralter VW-Käfer, früher einmal beige, in späteren Leben grün und kanariengelb. Auf dem Dach ist ein Schild montiert – LIEFERUNG FREI HAUS –, fast so groß wie das Auto selbst. Bei gutem Wind könnte man es nutzen, um mit dem Ding zu segeln.

Unter der Pizza liegen zwei versiegelte Umschläge.

Der erste enthält ein Dossier über Luc Planchat. Vieles davon, bis vor etwa zehn Jahren, kenne ich, und ich lese rasch. Dann klafft eine Lücke, bis die Einträge vor sechs Monaten wieder beginnen.

Planchat war der Stolz des neuen Programms gewesen, das eingerichtet wurde, als das Pendel wieder einmal zur anderen Seite ausschlug; Falkenzeit nach mehreren Jahren friedvollerer, sanfterer

Führung. Jemand mit genügend politischer Schlagkraft hatte entschieden, die einzige Antwort auf den Terrorismus sei ein Elitecorps von Killern, und dieser Jemand hatte sich daran gemacht, genügend Gefälligkeiten abzufordern, um es in die Tat umzusetzen. Planchat war der erste Wagen vom Band, der Prototyp, ein blendendes Musterexemplar. Und er war ein Einzelgänger. Wurde es noch mehr, als seine Mitabsolventen anfingen, sich in den brutalen Irrsinn abzumelden: Einige erklärten sich plötzlich zu Freien Agenten (als wären sie bloß Footballspieler), viele machten sich, entweder aus eigener Kraft oder mit ein bißchen Unterstützung von ihren Freunden in der Factory, auf die Suche nach dem, was Rabelais *le grand peut-être* nannte.

Der darauf folgende Pendelausschlag war natürlich wieder liberal. Als bekannt wurde, daß das Programm deaktiviert wurde, lehnte Planchat weitere Tätigkeit im Staatsdienst ab und nahm in altehrwürdiger Tradition eine neue Identität an.

Von drei Absolventen des Programms, die noch nicht beurkundet waren (so lautete der Agency-Code für *nicht tot*), waren somit zwei erfaßt, Planchat und ich. In der Zwischenzeit mochte es »irgendwo draußen in der Welt« (wie es in einem alten Blues heißt) einen dritten, Identität unbekannt, geben, falls er noch am Leben war. Niemand wußte Genaueres.

Und niemand hatte eine Erklärung dafür, wieso Planchat plötzlich wieder aufgetaucht war. Die ganzen Jahre hatte er in aller Stille sein Placeboleben mit Beruf, Eigentum, Rechnungen, Wahlen und Terminen geführt. Dann hatte *etwas* ihn dazu gebracht, aus dem Schrank auszubrechen.

Vor dreiundzwanzig Wochen wurden zwei Sicherheitsleute bei Compso, wo High-tech-Elektronik hergestellt und entwickelt wurde, tot aufgefunden. Beide waren auf der Stelle fachmännisch getötet worden: der erste mit einem einzigen Schlag, der zweite, indem ihm das Rückenmark durch einen schmalen Schnitt unterhalb des Genicks durchtrennt wurde. Es gab ein paar Ablenkungsmanöver und Täuschungen, aber was fehlte, *wirklich* fehlte, wurde bei keiner der verschiedenen Bestandsaufnahmen des Unternehmens bekannt.

Vier Tage später traf es eine Militäreinrichtung; und in den folgenden Wochen fanden sich Leichen in Hotelzimmern, Gewerberäumen, Parks und Lagerräumen, einmal sogar in einer Bibliothek. Nichts Definitives schuf eine Verbindung zu Planchat, aber sein Name tauchte in einem der Flüstergespräche zwischen unserem besten Hacker und seinem Computer auf, und je mehr man hineinleuchtete, desto mehr sah es wie ein Treffer aus.

Zuerst einmal war Planchat nicht dort, wo man ihn vermutete, und er war schon eine ganze Weile nicht mehr dort gewesen – etwa sechs Monate.

Er hätte über den Rand der Erde gefallen, oder ebensogut in einem Ballon davongeschwebt sein können, bis nach Tahiti, um dort unter Eingeborenen zu leben. Oder von Außerirdischen entführt worden sein. Den wenigen existierenden Spuren wurde nachgegangen. Einige Anrufe wurden zu einer Telefonzelle in Dallas zurückverfolgt. Deshalb war ich auf meinem Weg dort durchgeschleust worden. Um zu verbinden, falls eine Verbindung existierte. Falls der Bogen dort war.

Der Regen hat nicht nachgelassen. Ich lege das Dossier zur Seite und schaue wieder durchs Fenster. Die Welt bleibt verschwommen. Gelegentlich klettert ein Auto wie ein momentaner Mond über den gewölbten Bergrücken.

In meinem möblierten Zimmer war ich, im zweiten oder dritten Monat nach meinem Abschied, eines Morgens aufgestanden und hatte, noch nackt auf der Bettkante sitzend, während der Frost die Außenseite des Fensters mattierte, mein Atem in Schwaden austrat und ein tragbarer Heizkörper das Zimmer mit dem Geruch reinen Alkohols füllte, ein Tagebuch angefangen.

Anfangs schrieb ich nur meinen Tag nieder: was ich las und sagte, wohin ich ging, einzelne Gedanken, Beobachtungen. Doch nicht lange, und das Tagebuch entfernte sich von den Einzelheiten und Zerstreuungen des Tages.

Die Erinnerung war stark damals; ich sank tief in sie hinein. Szenen meiner Kindheit, Freunde, Familie, der Geschmack von Spaghetti, Milch und Haferbrei in der Zeit, als ich ein Kind war, das erste Mal, daß ich ein Mädchen küßte (Trudy Mayfield, freitags nach der Schule, Februar 1962), Geschichten über einen Bücherwurm in *Boy's Life*, das Gesicht meiner Mutter. Alles kam wie in einer Flutwelle zurück.

Cedar Hill, schrieb ich. Ein zweistöckiges Holzhaus am Ende des Blocks mit einer dürren Trauerweide davor. Wir haben die Türen niemals abgeschlossen, hatten, soweit ich mich erinnere, nicht einmal Schlüssel. Aßen an einem Tisch mit grauer Kunststoffplatte in der Küche, das Eßzimmer blieb, außer an Feiertagen, geschlossen. Ein Dodge Baujahr '52 mit Flüssigkeitsgetriebe und grünen Plastikrollos für Windschutzscheibe und Rückfenster. *Pecannüsse*. Sie waren überall, rollten und platzten ständig knackend unter unseren Füßen. Wespen in dichten Sträuchern, die um das Haus herum wuchsen. *Geißblatt*.

Doch bald lernte ich, daß meine Erinnerungen, so präzise und detailliert sie waren, unverständlicherweise auch vollständig waren.

Sobald ich in Gedanken eine Periode durchlaufen hatte, war sie abgeschlossen; kehrte ich zu ihr zurück, war nicht mehr als vorher da, nur dieselben Erinnerungen. Es war keine Tiefe vorhanden.

Außerdem gab es sonderbare Lücken. Das Gesicht meiner Mutter konnte ich mir ganz genau ausmalen, die Kurvung von der Wange zum Kinn, die Augenbrauen wie Flügel geformt, aber trotz aller Anstrengung konnte ich mich nicht erinnern, wie sie roch oder wie sich ihre Haut anfühlte. Und Trudy Mayfields Name war genauso: ein Name. Ich hatte keine Vorstellung von ihrem Gesicht, keine weiteren Erinnerungen daran, wie sie neben mir im Klassenzimmer saß, oder an Schlabberpullover in der Schulcafeteria.

Kurz nachdem mir dies bewußt wurde, legte ich das Tagebuch beiseite. Am besten gar nicht darüber nachdenken, sagte ich mir. Ich hatte eine Gegenwart, ein Leben, das allmählich Form annahm, und *das* war wichtig für mich. Nicht die Vergangenheit, nicht Geschichte, nicht die Haken und Ösen eines fehlerhaften Gedächtnisses.

Ich gehe ins Bad, reiße den gewichtlosen Plastikbecher aus seinem Papierkokon, fülle ihn aus dem Wasserhahn und trinke. Als ich zurückkomme, hat das Paar (Dreier?) nebenan die Herausforderung angenommen.

Der zweite Umschlag enthält die Kopie des Polizeiberichts über den Tod eines Raymond Hicks, von seiner Lebensgefährtin an diesem Morgen in ihrem Haus in Colorado aufgefunden. Die einzige Spur an Mr. Hicks war ein kleiner Einschnitt unterhalb der Brustwarze, durch den mit einem biegsamen messerähnlichen Gegenstand und, wie der obduzierende Arzt feststellte, »mit erstaunlichem chirurgischen Geschick« die Herzkammern wie Apfelviertel abgeschält worden waren.

Regen läuft am Fenster hinab. Einen Moment fühle ich mich wie ein uraltes Wasserlebewesen in den Tiefen seiner Höhle, vom Fortschritt der Evolution abgekapselt und vergessen. Als plötzlich die Scheinwerfer eines Lastwagens auf den Regen prallen, schrecke ich hoch.

Raymond Hicks war der Name, den Howard the Horse mir in Memphis gegeben hatte.

8

Schön, Sie zu sehen.

»Wie lange ...?«

Drei Jahre.

»Was ist passiert?«

Verblüffend. Eines Tages bin ich aufgewacht und habe mich umgedreht, um dem Menschen, der dort war, wer immer es auch sein mochte, einen guten Morgen zu wünschen, und ich konnte es nicht. Jetzt schreibe ich, wie ein Kind, auf dieser Tafel. Physisch ist alles in Ordnung, sagen die Ärzte. Herrje, Dave, ich bin zweiundsechzig: Physisch ist eine Menge *nicht in Ordnung.*

»Sie sind also im fortgeschrittenen Alter zum Schreiber geworden.«

Ha! Komisch ist das nicht, denke ich. Aber wenn es nicht komisch ist, was ist es dann?

»Leben.«

Oh ja, Leben. Witz ohne Pointe. Wie ist es Ihnen ergangen?

»Gut, Blaise. Anfangs war es hart.«

Sich zu lösen, meinen Sie.

»Ja.«

Anfangs war es auch hart, festzuhalten. Schon vergessen?

»Nein, ich habe es nicht vergessen. Nichts. Einschließlich der Tatsache, daß ich heute nicht hier wäre und wahrscheinlich von meinem zweiten Auftrag nicht zurückgekehrt wäre – und von meinem zehnten ganz bestimmt nicht –, wenn es Sie nicht gäbe.«

Also dann, willkommen! Haben Sie *jemanden, dem Sie einen guten Morgen wünschen?*

»Ja. Sie heißt Gabrielle.«

Gut. Das ist wichtig. Das hatten Sie vorher nie. Vielleicht habe ich eines Tages Gelegenheit, sie kennenzulernen. Sie können uns beide zum Essen einladen.

»Würde ich gerne.«

Nach ein paar Jahren Haferschleim hier würden Sie es noch viel lieber.

»Ich hoffe, Sie machen Witze.«

Mit Croûtons. Rate ich natürlich nur. Ich erkenne nichts, wenn ich es sehe, noch weniger, wenn ich es schmecke. Sind Sie jemals dazu gekommen, den Franzosen zu lesen, von dem ich Ihnen erzählt habe?

»Cendrars – Ihren Namensvetter. Einiges. Was ich als Übersetzung finden konnte. Erstaunliche Sachen.«

Erstaunliches Leben. Was machen Sie zur Zeit so?

»Ich bin Künstler, Blaise.«

Waren Sie schon immer. Habe es von Anfang an in Ihnen gesehen. Habe es Johnsson gesagt.

»Eine andere Sorte Künstler.«

Anders, hmm? Jeder ist heutzutage auf Veränderung aus. Als wäre mit uns immer etwas falsch gewesen, und jetzt hätten wir es bemerkt und fangen an, es abzustellen. Menschen und Dinge ändern sich so schnell, daß man sich an nichts mehr klammern kann.

»Das konnte ich ohnehin nie.«

Ja. Ich schätze, keiner von uns konnte das.

»Geht es Ihnen denn gut?«

Mir geht es überhaupt nicht – das ist das Problem. Aber ja, ich habe, was ich brauche. Johnsson und die anderen sorgen dafür. Hat er Sie wegen Luc geholt?

»Ja, Sir.«

Dachte ich mir. Diese *Art Künstler sind Sie auch immer noch?*

»Sie meinen, ob ich Luc für ihn herbeischaffe?«

Es wäre nicht für ihn.

»Sollte ich?«

Sie haben mich noch nie gefragt, was Sie tun sollten oder nicht.

»Ein gefährliches Wort.«

»Johnsson hat *sollte* ›ein äußerst gefährliches Wort‹ genannt.«

Er hat recht. Aber wenn man jedes »sollte« wegnimmt, was von Wert bleibt dann noch?

»Ich muß gehen, Blaise. Alles Gute.«

Ihnen auch. Kommen Sie wieder.

»Das werde ich. Und nächstes Mal warte ich nicht so lange.«

Ich warte vielleicht gar nicht. Ha.

9

Ich bin sicher, ich träume, und ich glaube, ich sehe in dem Traum einem Theaterstück zu.

Über die Bühne verstreut stehen Paravents, alle hauchdünn und von hinten beleuchtet, einige glattes Leinen oder Reispapier, andere mit Landschaften, häuslichen Szenen, Stilleben, Pflanzen bemalt. Während Schauspieler sprechen und sich über die Bühne bewegen, treten sie hinter diese Wandschirme, manchmal dort verharrend, manchmal voranschreitend, und treten wieder hervor. Immer, wenn ein Schauspieler hinter einen Paravent tritt (hinter eine Hügellandschaft, hinter einen Tisch mit Stühlen oder eine Vase mit Blumen, hinter die Silhouetten bevölkerter Straßen), verändert sich der Schauspieler abrupt und unvorhersehbar: wie er sich bewegt, wie er reagiert, was er sagt – mitten im Satz schlägt er einen anderen Kurs ein. Ein lustiger Satz strahlt plötzlich Bedrohung aus, Dialog gerinnt zur Schmährede, die freundliche Nachfrage eines Schauspielers nach dem Wohlergehen eines anderen wird – in dem Sekundenbruchteil, in dem er hinter den Schirm tritt – ein hitziger, wütender Monolog. Wenn der Schauspieler wieder hervorkommt, findet das Schauspiel wieder seinen alten Kurs.

Ich blicke nach unten und sehe, daß ich ein Programm in der Hand halte. Auf der Vorderseite steht der Titel des Stücks: *Täglichkeit*. Auf der Rückseite ist ein Aufkleber mit dem Worten *HALLO ICH HEISSE*.

Applaus brandet ringsherum auf. Ein Schauspieler kommt hinter einem der Wandschirme hervor, und das Stück, dessen Ende er mit einem abschließenden, knappen Vers signalisiert hat, nimmt seinen Fortgang.

10

»Ja, David.«

Ich schaute durchs Fenster auf eine Gruppe junger Leute, die aus Wendy's herausströmten. Sie trugen die allgemeine Uniform der Zeit – Jeans oder ausgebeulte Hosen, verschiedene T-Shirt-Kombinationen, Jeansjacken und übergroße Pullis – und lachten, bevor die Scherze ausgesprochen wurden.

»Ich hatte gerade eine interessante Unterhaltung über das Thema Veränderung.«

Er hatte den Hörer beim ersten Klingeln abgehoben. Jetzt wartete er einen Moment und sagte: »Ich verstehe. Philosophische Erörterungen können sich – wie auch Erinnerungen – in Zeiten der Inaktivität als etwas Tröstliches erweisen, nehme ich an.«

»Oder – auch wie die Erinnerungen – als beunruhigend.«

»Natürlich.«

Die jungen Leute, die nach rechts den Rahmen verlassen hatten, erschienen wieder im Fenster, diesmal phantasievoll auf den Sitzen eines Kabrios plaziert. Sie lachten immer noch. Neben dem Telefon hatte jemand mit einem lila Stift auf die Wand geschrieben: WIR KENNEN EUCH.

»Ich brauche eine vollständige Akte«, sagte ich. »Nicht die, die jeder zu sehen bekommt, sondern Ihre eigene.«

»Gewiß, David. Alles, was Ihnen nützen kann. Was übrigens, vermute ich, sehr wenig sein wird. Aber ich lasse Lawrence für Sie eine Diskette überspielen. Welches Format bevorzugen Sie? ASCII vielleicht?«

»Papier.«

»Sehr gut. Also Papier. Die aufregenden Tage von gestern. Was noch?«

»Kleidung. Ich habe nur Jeans, Trainingspullis und Laufschuhe. Das reicht nicht, nicht für diese Sache.«

»Natürlich. Ihre Maße werden annähernd dieselben wie früher sein, nehme ich an.«

»So gut wie.«

»Cohen ist noch bei uns. Ich glaube, er sollte in der Lage sein, kurzfristig das Nötige zusammenzustellen. Anzüge für tagsüber und abends, denke ich. Sportliche Sachen. Gesellschaftskleidung?«

»Im Augenblick nicht.«

»Sehr gut. Soll ich Miss Sidney veranlassen, Sie wegen der Buchungen zu kontaktieren?«

»Ich fahre selbst.«

»Sie fahren. Ich verstehe. Nun gut, wie Sie wünschen. Bevorzugen Sie ein bestimmtes Auto? Fiats sind nicht mehr so leicht verfügbar, wie Sie verstehen werden.«

»Irgend etwas Kleines und Handliches, unauffällig. Mit mehr Kraft, als von außen erkennbar ist.«

»Ich lasse einen solchen Wagen binnen einer Stunde zu Ihrem Hotel bringen. Die Schlüssel werden beim Empfang sein. Passende Kleidung in genügender Auswahl werden Sie im Wagen vorfinden. Und sollten Sie noch etwas brauchen, was immer es auch ist, rufen Sie mich einfach an. Sie werden sofort durchgestellt.«

»Danke.«

Ein leises Summen war in den Drähten hinter unserer Stimme – so wie hinter den Stimmen all derer, die vor uns gewesen waren.

»Ich muß wissen, ob es für die Sache einen Zeitplan gibt«, sagte ich.

»*Unser* Kalender ist offen. Immanent mag es einen Zeitplan geben. Wir wissen natürlich nicht, wohin dies alles zielt.«

»Wenn es das überhaupt tut.«

Eine kurze Pause. »Natürlich.«

»Eine Bedingung.«

»Ja?«

»Ich will nicht, daß mir bei dieser Sache jemand am Hintern klebt, Sir.«

»Die Regeln der Behörde ...«

»Ich kenne die Regeln der Behörde, Sir; die, die Sie verkünden, und die, die Ihre Agenten tatsächlich befolgen. Ich sage Ihnen, daß ich allein losgehe, absolut allein, oder ich gehe überhaupt nicht. Und sollte ich zufällig jemanden an meinen Fersen finden, werde ich davon ausgehen, daß er nicht dorthin gehört. Sobald ich einmal zu diesem Schluß komme, wird er nicht mehr dort *sein.*«

»Verstanden.«

»Und noch etwas.«

»Ja.«

»Ich will, daß ein Buch verschickt wird. Gedichte von Cesare Pavese.«

»An Gabrielle.«

»Ja. Ich kann Ihnen keine Adresse geben. Ich will sie nicht wissen, und ich will nicht, daß jemand anderes sie kennt. Kein direkter Kontakt, keine direkten Erkundigungen. Nichts, das sich nachvollziehen läßt. Aber die Agency kann sie finden und ihr das Buch diskret zustellen. Sie wird wissen, wer es geschickt hat.«

»Natürlich wird sie das, David.«

»Ja, Sir.«

»Es ist gut, Sie wieder dabeizuhaben. Ich weiß, daß Blaise sich gefreut hat, Sie nach all dieser Zeit wiederzusehen. Danke, daß Sie ihn aufgesucht haben.«

»Zumindest hat es bewirkt, was Sie wollten.«

»Vor neun Jahren hätte ich das nicht tun müssen.« Jemand sprach. Er wandte sich einen Moment vom Telefon ab, war wieder da. »Aber andererseits hätte es vor neun Jahren auch nicht funktioniert.«

11

Angenommen, es gibt einen Sinn, eine Verbindung, weil man ja irgendwo anfangen muß.

Angenommen, die Umrisse, die wir erhalten, wenn wir diese Punkte, diese vom Zufall abhängigen Inseln verbinden, sind die Züge von Planchat, obwohl sie es tatsächlich vielleicht nicht sind.

Angenommen, daß eine Linie zwischen den Koordinaten meines Motelzimmers in Memphis und dem Tod von Raymond Hicks in Dallas notwendigerweise weitere Geschehnisse in Vergangenheit und Zukunft durchschneidet und sie alle in eine Struktur bringt, zu einer *Vervollständigung*, einem *Abschluß*.

Dinge der Welt versuchen, sich zu verbinden. Verschwenderischer Regen strömt aus einem Himmel, in den Bäume wie flehende Hände emporragen. Tage tragen uns leicht über die Oberfläche der Welt, während der Boden jedes Jahr härter an uns zerrt, uns wie ein verschmähter Liebhaber, allerdings viel starrer, daran erinnert, wie sehr er uns will.

Auf das gleiche Raster (wie auf die Wandschirme meines Traums) fallen die Konturen meiner eigenen Geschichte und Zukunft, mal kongruent, mal flüchtig; die Konfiguration *meines* Gesichts ein Venn-Diagramm, das *seines*, Planchats, überlagert.

Er weiß es. Der Besuch im Motelzimmer in Memphis und Hicks' Tod haben das signalisiert. Und während ich wenig Kenntnisse über die letzten zehn Jahre und darüber habe, was aus Luc geworden ist, wie er denkt und was für ihn wichtig sein könnte, kenne ich im Innersten die Höhen und Tiefen weitaus tieferer Empfindlichkeiten.

Im Grunde (*au fond*, wie Blaise vielleicht gesagt hätte) sind wir uns gleich.

Ich brauche bloß zu warten.

12

In Frankreich habe ich einmal drei Tage zwischen verrottendem Müll, kämpfenden Ratten und ausgehungerten Vögeln in einer Sackgasse darauf gewartet, daß ein bestimmter Mann an der Einmündung dieser Gasse vorbeikäme, denn früher oder später *mußte* er dort vorbeigehen. Ich ernährte mich von trockenem Brot und einer unterarmlangen Wurst, die ich mitgebracht hatte. Es regnete sporadisch, und ich sammelte das erreichbare Wasser. Am vierten Tag, kurz vor Sonnenuntergang, begannen sich alle meine Vorbereitungen in einem einzigen jähen Angriff zu sammeln und stoppten dann instinktiv aus Gründen, die ich bis heute nicht kenne, als der Mann, auf den ich gewartet hatte, in mein Blickfeld trat. In der gleichen Nacht ging ich wieder über die Grenze nach Deutschland. Und entdeckte Monate später, weit weg von dort und mit einem völlig anderen Auftrag bedacht, daß unsere Information in einem winzigen Detail falsch gewesen war. Hätte ich meine Zielperson an jenem Tag erledigt, hätte sich das als schrecklicher Fehler herausgestellt.

13

Auf vielerlei Art bestimmte natürlich die Kleidung, die mir zur Verfügung stand, meine Rolle, und obschon sie nur zwei kleine Ledertaschen füllte, sollte ich nun mit einem mittleren Aufwand an Phantasie und Sorgfalt in der Lage sein, mich auf jeder erforderlichen gesellschaftlichen Ebene sicher zu bewegen. In dieser Hinsicht war Cohen ein Genie. Er war Verfasser eines dünnen esoterischen Buches, *Kleidung: Chiffre und Sprache*, das die Aufmerksamkeit der Agency auf ihn gelenkt hatte. Ich frage mich oft, ob die anderen Dozenten an seiner Hochschule jemals bemerkt hatten, daß er fort war, und sich mit der Frage beschäftigten, was mit ihm geschehen sein mochte.

Der Wagen war ebenfalls hervorragend ausgewählt, ein äußerlich zusammengeflickter 240Z, Baujahr in den Siebzigern, der (in Anbetracht meines Alters) gut und gerne ein Überbleibsel aus Collegetagen oder ein Museumsstück im Restaurierungsstadium sein konnte. Flecken von Grundierung waren zu sehen, und das Ganze hatte eine sonderbare blau-gräuliche Lackierung, die eher wie Grundierungsfarbe aussah; die Reifen waren uneinheitlich; die Beifahrertür hing schief in den Angeln.

Wieder einmal nahm ich Abschied von Baltimore, warf beide Reisetaschen und meinen eigenen Kleidersack auf die Rückbank des Datsun und verließ die Stadt auf dem Loop, ohne mir eine bestimmte Richtung vorgenommen zu haben. Fort von Baltimore, Washington und dem nach innen gestülpten Küstenstreifen. Und vor allem *in Bewegung*. Zwei Anmerkungen zu beweglichen Zielen: Erstens, sie sind schwerer zu treffen; zweitens, sie fallen viel eher auf.

Ich hielt an einer Servicestation, kaufte Straßenkarten der nordwestlichen Bundesstaaten und Floridas, zahlte mit einer Fünfzigdollarnote und verlieh meiner Stimme den schwachen, kaum merklichen Hauch eines osteuropäischen Akzents, um sicher zu sein, daß man sich an mich erinnerte. Die Reflexe kamen schnell zurück. Falsche Spuren, Finten. Die Wandlungsfähigkeit von allem.

Ich trug Jeans, lederne Deckschuhe und einen Baumwollpulli ohne Hemd, die Ärmel bis zu den Ellbogen hochgeschoben. Ich hatte mich am Morgen absichtlich nicht rasiert. Am Handgelenk trug ich eine gediegene schwarze Armbanduhr und in der Gesäßtasche ein Portemonnaie aus Kalbsleder.

Von den Küstenstraßen war ich langsam ins Landesinnere gefahren, und die Highways hier liefen durch dichte Baumbestände – Eiche und Ahorn, Birke, Ulme – mit wenigen Anzeichen der Städte und Dörfer, die dahinter lagen. Nur eine monotone Kadenz von Ausfahrtschildern mit Hinweisschildern auf BENZIN, LEBENSMITTEL, DIESEL, WC, und alle paar Meilen ragte der Mast einer Tankstelle aus den Bäumen hervor. Als wäre die sechsspurige Interstate hier materialisiert worden, um Besuchern aus anderen Orten, vielleicht aus anderen Welten und Zeiten, Gelegenheit zu geben, das Land so zu erleben, wie es früher überall gewesen war: seine Rauheit und sein ehrfurchtgebietendes Ausmaß; wie leer es gewesen war und gleichzeitig wie voll. Aber diese Pflanzendickichte waren Potemkinsche Jalousien. Verläßt man die Interstate, merkt man, daß sie nach kurzer Zeit den wuchernden Ansiedlungen der Texacos, Exxons, Kwik Stops und McDonalds weichen.

Die Hügel selbst schienen ebenso exzessiv wie die Ausfahrten, wuchsen allmählich und monoton an, erreichten ihre Kuppe, senkten sich dann in einer trägen Kurve zum nächsten hin.

Eine gute Stunde außerhalb von D. C. fuhr ich einen dieser Hügel hinauf und in den erstaunlichsten Sonnenuntergang hinein, den ich je gesehen hatte. Irgendwie hatte ich eine Abzweigung aus dem wirklichen Leben in einen Film genommen, in einen Reiseprospekt, einen Abenteuerroman. Ich fuhr an den Straßenrand, stellte den Motor ab, saß da und schaute. Als die letzten feuerflammenden Ranken grau wurden und sich auflösten, spürte ich ein Gefühl von individueller Sehnsucht und Verlust, eine spröde Traurigkeit.

Tief in der Mitte Virginias fand ich, welch Wunder, einen UKW-Sender, auf dem nach einigen klassischen Aufnahmen von Louis Armstrong und Bessie Smith ein Klavierkonzert von Ravel und eine A-cappella-Version von Neil Youngs »After the Gold Rush« folgten.

Einmal stolperte ein Hirsch in das Licht meiner Scheinwerfer, drehte sich um und sprang davon.

Andere Augen glitzerten aus dem Pflanzendickicht am Straßenrand.

Leichen von Waschbären, Hunden, Opossums und einem einsamen Stachelschwein lagen neben der Landstraße.

Gegen zehn hielt ich an, um zu essen. Ein besonderer Sektor des Restaurants (mit einem Telefon auf jedem Tisch) war ausdrücklich für Trucker reserviert, deren Gefährte den Kies-und-Asphalt-Parkplatz wie eine Wagenburg in alten Westernfilmen umringten. Regal auf Regal mit leuchtenden Ansichtskarten, Touristenschnickschnack, NoDoz, Brillenreinigern, Feuerzeugen und Taschenmessern mit der Flagge der Konföderierten darauf. Tätowierte Arme und gewaltige Bäuche in schwarzen T-Shirts bevölkerten ein Regal mit Hör-Büchern: Louis L'Amour, Stephen King, Technothriller. Kein Zweifel, ich befand mich im Herzen Amerikas.

Auf einem LED-Bildschirm über der hinteren Theke liefen aktuelle Schlagzeilen, Aphorismen und Angebote zum Wohle der Trucker, während diese aßen. Das »Wort des Tages« war *Eschatologie*.

Meine Gerstensuppe mit Rindfleisch war gut, das Maisbrot noch besser. Anschließend nahm ich ein Stück Pecantorte und sinnierte über zwei Tassen Kaffee, ob ich weiterfahren oder mich im Motel auf der anderen Straßenseite *(Zimmer mit wissenschaftlicher Kühlung)* aufs Ohr legen sollte.

»Auf der Durchreise, Honey?« fragte die Kellnerin, als sie mir Kaffee nachschenkte. Ich bin mir ziemlich sicher, daß mich bis dahin noch nie jemand »Honey« genannt hatte. Sie war um die Dreißig, beinahe blond, und ihr Gesicht gehörte zu denen, die man vergaß, sobald man in eine andere Richtung schaute. Eine Frau, die auf dem Weg zu hübsch plötzlich angehalten hatte und nie ganz verwinden würde, wie nahe sie gewesen war. Auf einem weißen Kunststoffrechteck über einer hohen Brust stand *Alicia.*

Ich nickte.

»Sollten Sie Appetit auf ein oder zwei Cocktails haben – unten an der Straße ist ein kleines Lokal, Lou's, das ist unschlagbar.« Sie wies zu dem Motel hinüber. »Und im Umkreis von neunzig Meilen gibt es nichts Besseres als das Island, falls Sie einen Platz zum Schlafen suchen. Wenn Sie Lust dazu haben, jedenfalls. Mein Mann – mein Ex-Mann, müßte ich eigentlich sagen – leitet es wie ein Kreuzfahrtschiff. Ich muß es wohl wissen, schließlich habe ich Sechzehn- und Achtzehnstundentage da drüben hineingesteckt. Kann ich sonst noch was für Sie tun?«

Ich verneinte dankend.

»Wenn Sie es sich anders überlegen, wir haben die ganze Nacht geöffnet. Ich selbst bin bis zwölf hier.«

Alicia wartete einen Moment, legte die Rechnung hin und ging.

Lou's war genau das, was ich gehofft hatte, auch wenn ich es beim ersten Mal nicht erkannte, weil auf dem Neonschild über dem Gebäude BLUE CORRAL stand. Aber auf einem Holzschild im Fenster hieß es *Lou's*, und der Name war im selben Grün über die Eingangstür gepinselt.

Im Grunde war es ein Futtertrog: die Theke verlief in der Mitte des langgestreckten Raumes, an beiden Seiten Schlitze, in diesem Fall Barhocker, fürs Vieh. An einer Seite trieben Billardtische in ihren Lichtinseln in der Dunkelheit, an der anderen Seite säumten gestapelte Plastikstühle eine Tanzfläche.

Ich setzte mich nahe der Tür auf einen Barhocker neben einem Cowboy, der wie aus einem Wachsfigurenkabinett aussah, und bestellte ein Bier. Draußen in der Dunkelheit, auf der Tanzfläche, stimmten ein Gitarrist und ein Bassist mit angespielten Melodien ihre Instrumente. Ein Tanzpaar, der Mann vierzig und älter, mit Slacks, weißem Hemd und Krawatte, seine Partnerin vielleicht halb so alt und mit beachtlich weniger als einem halben T-Shirt und Jeans bekleidet, kreisten periodisch ins trübe Licht der Bar und wieder hinaus in die Schwärze.

Ich trank mein Bier und bestellte ein zweites. Der Cowboy trank Kaffee mit Bourbon darin. In der Tasche hatte er eine kleine Plastikflasche mit Honig, den er in seine Tasse füllte.

Nach einer Weile, als er seine Runde an der Theke gemacht hatte, kam der Barmann wieder zu mir und baute sich vor mir auf. Er war ziemlich lebhaft und so rot im Gesicht, wie der Cowboy wächsern war.

»Lou«, sagte er und streckte die Hand über die Theke.

Ich nahm sie. »Dave.«

»Schön, daß Sie unser Gast sind. Ich hab' Sie hier noch nie gesehen, glaube ich.«

»Hatte noch keine Gelegenheit.«

Er nickte. »Ruhiger Abend. Meistens haben wir abends eine Menge Leute hier. Kommen hierher, um zu trinken und in Ruhe gelassen zu werden, oder um zu tanzen. So oder so, meistens kümmert es sie nicht, was für Leute sonst noch hier sind.«

Ich sagte, ich wüßte, was er meinte.

»Anders als anderswo. Wollen Sie vielleicht einen Schnaps zum Bier? Aufs Haus, natürlich, Ihr erster Besuch hier und so.«

»Danke, aber ich bleibe bei Bier. Ich trinke nicht viel. Nur ein bißchen abspannen.«

»Unterwegs.«

Ich nickte, und er nickte zurück. Zwei brave alte Jungs, die wissen, was ein Mann durchmachen muß.

Aus der Dunkelheit kam ein lautes Poltern, dann eine Stimme:

»All right, ihr Rebellen, Cowboys, Pferdefrauen, ihr Puristen und Juristen und alle anderen, die meine Stimme hören.« Eine Pause, das Mikrofon wurde reguliert. »Behaltet die Karten und Briefe, die hereinkommen. Und falls ihr eine Bitte habt, wir haben auch eine: Behaltet Sie für euch.«

Langsam wurde die Bühne erleuchtet. Ein korpulenter junger Mann stand dort mit einer Akustikgitarre hoch vor dem Körper. Er war adrett gekleidet – Pullover, Baumwollhemd, beigefarbene Chinos – und trug einen Cowboyhut. Hinter ihm im Schatten, als gehörten sie untrennbar zusammen, Schatten und Musiker, saß der Baßspieler auf einem Barhocker, in abgetragenen, verschlissenen Jeans, einer Tourneejacke aus Satin, das Haar bis zu den Schultern, ein einzelner langer Ohrring.

Plötzlich schrillte, aggressiv wie ein Maschinengewehr, eine Jazzgitarre.

»Okay, Justin, wir sind soweit, wenn ihr es seid. Alles gesattelt hier oben. Reiten wir los, Mann!«

Der Cowboy auf dem Hocker neben mir sah mich zum ersten Mal an.

»Der Junge ist ein Arschloch wie nur was«, sagte er, »aber wenn es in den vier Nachbarstaaten einen besseren Gitarrenspieler gibt, dann habe ich den noch nicht erlebt.«

Er stand auf, schlenderte auf die Bühne und band sich eine leuchtendrote elektrische Mandoline um.

»Bleibt bei Country«, sagte er, »einfach nur Country«, und

die Band begann mit einer schnellen Version von »Faded Love« mit viel Tremolo und Septimen. Sie spielten ohne Schlagzeuger, und bei diesem Bassisten und der Art, wie der Gitarrist grundsolide Rhythmusakkorde vorlegte und sich gleichzeitig ständig um die Melodie herumbewegte, benötigten sie eigentlich auch keinen.

Nach »Faded Love« folgte »Sweet Georgia Brown« und dann ein halsbrecherisches »Jolie Blonde«. Dann ein Medley aktueller Hits, bei dem der Gitarrist sang und der Mandolinenspieler die Texte mit bluesigen Phrasen und Füllseln punktierte.

Irgendwann während des zweiten Sets und beim dritten Bier war der Barhocker neben mir plötzlich nicht mehr leer.

»Was dagegen, daß ich Ihnen Gesellschaft leiste?« sagte Alicia. »Haben wohl Ihre Meinung geändert, was? Mein Gott, ich liebe diese Jungs. Bourbon und Wasser, Lou.«

Sie hatte sich umgezogen und trug jetzt schwarze Jeans, pinkfarbene hochgeschnürte Segeltuchschuhe, eine voluminöse Herrenstrickjacke (die Ärmel zu Doughnuts aufgerollt) über einem tief ausgeschnittenen Baumwolltop. Eine anscheinend echte indianische Pfeilspitze hing an einem Lederriemen und wies direkt in ihr Dekolleté.

Das Foucaultsche Pendel. Verwendet, um die Drehung der Erde nachzuweisen und zu demonstrieren.

»Wir haben uns noch gar nicht richtig bekannt gemacht«, sagte sie, »aber ich bin Alicia. Sie wohnen auch im Island, wette ich. Geschäftsreise oder Vergnügungsfahrt?«

»Überwiegend geschäftlich.«

»Mischen Sie beides schon mal?«

Ich zuckte die Achseln, und die Geste hing zwischen uns in der

Luft wie ein Geist, der sich bemüht, Gestalt anzunehmen, wie ein winziges Feuer. Sie lächelte, nahm einen ordentlichen Schluck aus ihrem Glas und dann einen zurückhaltenden. Geübt, nächtliches Trinken in Takt zu halten.

»Nun«, sagte sie, »mögen Sie Country-Musik?«

Ich nickte.

»Sie sehen gar nicht so aus. Sind nicht der Typ dafür. Und das meiste ist sowieso Mist. Ich werd' mich betrinken, um dich zu vergessen. Tritt mich noch einmal, sonst berührst du mich nie. Aber dann ist mittendrin eine Zeile, oder die paar Sekunden Musik, und das ist absolut richtig, das drückt aus, was man selbst sagen will, und zwar so, wie man es selbst nie ausdrücken kann.«

Wir nahmen noch zwei Drinks und plauderten miteinander. Alicia war achtundzwanzig, verheiratet, lebte aber seit fast zwei Jahren allein, meist in möblierten Wohnungen, manchmal mit einem Hund, Gott, sie liebte Hunde, aber die Hunde – wie die Männer – währten nie lange. Sie rannten alle fort oder wurden bösartig.

Wir einigten uns auf einen letzten Drink, und als er zur Neige ging, sagte sie: »Schätze, Sie müssen ganz schön müde sein, den ganzen Tag unterwegs und so. Wahrscheinlich gehen Sie jetzt auf Ihr Zimmer und legen sich hin.«

Das wolle ich, sagte ich ihr.

»Tja, das tue ich jetzt wohl auch.«

Wir sagten Auf Wiedersehen und gingen auf den Parkplatz hinaus, hinter uns den Anfang eines neuen Sets und »Milkcow Blues« zurücklassend. Ein älterer Mann im Bowlinghemd lehnte an der Mauer und kotzte. Über uns war das Pfeifen eines Jets zu hören. Das Neonschild BLUE CORRAL flackerte einmal und wurde zu BLUE COR AL. Verloren auf See.

Kurz darauf klopfte es an der Tür meines Motelzimmers. Ich öffnete. Sie hatte ihren Pulli an.

»Das ist deine absolut letzte Chance«, sagte Alicia. Sie sah an mir vorbei ins Zimmer hinein und lächelte. »Oder meine.«

14

Hinter einer Stadt mit Namen Stonebrook verließ ich die Interstate, hielt an einem U-Halt-Supermarkt und wählte dort am Telefon eine Nummer, die mich durch mehrere blinde Relais und Umleitungen führte, bevor es klingelte.

Das Telefon wurde ohne ein Wort abgehoben.

»Sir«, sagte ich, »vielleicht erinnern Sie sich an Marek Obtulowicz. Hat auch den Namen Lev Aaronson benutzt. Wir haben in Danzig zusammen gearbeitet, danach eine Zeitlang in Santiago.«

»Ja. Ist vor ein paar Jahren untergetaucht. In Budapest, meine ich mich zu erinnern. Wir konnten es nie bestätigen.«

»Ich habe an etwas gedacht, was er oft gesagt hat, ein altes russisches Sprichwort: Hol keinen Wolf herbei, wenn Hunde dich angreifen.«

Er wartete einen Moment. »Ich verstehe. Das ist der Grund, warum Sie auf einer sicheren Feldleitung angerufen haben, gegen alle Regeln und übliche Verfahrensweisen.«

»Ja.«

»Dann will ich Ihnen mit etwas antworten, das mein Vater mir vorgelesen hat, als ich ein Kind war. Es war, glaube ich, von Karl Kraus. ›Gewiß, der Hund ist treu. Aber warum sollten wir uns ihn zum Beispiel nehmen? Er ist den Menschen treu, nicht anderen Hunden.‹ Gibt es sonst noch etwas?«

»Nein, Sir.«

»Halten Sie Kontakt, David.«

Und die Verbindung war unterbrochen.

Ich sah einer Schmeißfliege zu, die mit wildem Summen immer wieder gegen das Fenster flog. Das Fensterbrett war voll mit den vertrockneten Hüllen ihrer Vorgängerinnen.

15

Die Straße gibt uns Erlösung, bestätigt die Diskontinuität unseres Lebens aufs neue, flüstert uns zu, daß wir letztlich doch frei sind, daß (hinter dieser Kurve, wenn wir die nächste Ortschaft erreichen, falls wir es bis nach Kalifornien schaffen) die Dinge sich ändern werden. Twain und Kerouac wußten, daß der große amerikanische Roman ein Buch der Landstraße sein müßte. Das wußte auch James Fenimore Cooper, und zwar bevor es Landstraßen gab.

Als ich die Agency verließ, steckte ich fast die gesamte Abfindung in ein Auto. Da die Agency sich unserer Alltagsbedürfnisse annahm, war ich nie in der Lage gewesen, Dinge – Kleidung, Auto, Haus, Wohnung – zu akkumulieren, und das Auto war damals praktisch alles, was ich hatte. Es war mehrere Monate lang notgedrungen meine Behausung: ein Buick, Baujahr späte Fünfziger, mit Zusatztanks und maßgefertigter Hifi-Anlage, Rückbank vorgeklappt, um Platz zum Schlafen und fürs Gepäck zu schaffen. Und in dem Wagen fuhr ich von Memphis nach Dallas, nach Akron, nach Seattle; oftmals erreichte ich mein Ziel bloß, um zu wenden und wieder zurückzufahren, oder um mich zu einem neuen bizarren Zielort zu katapultieren. Nächte verbrachte ich neben Landstraßen oder in Motels, die so plötzlich und vereinzelt auftauchten wie Kakteen an den Highways von Oklahoma. Und in jenen Monaten spielte stets Musik. Big Bands, Bessie Smith, Bix, Trane, Eric Dolphy. Auf der Straße zu sein und Musik, das war eine Zeitlang alles, was für mich Sinn ergab.

Und so fuhr ich jetzt südwärts und westwärts, dachte daran, wie Alicia am Morgen im Restaurant mir gegenüber gesessen hatte. Ich hatte das Radio auf eine Comedysendung eingestellt. Witze über Ehefrauen, Hunde, Kinder, Chefs, Kumquats, Känguruhs. Für mich alle gleichermaßen fremdartig. Ein absolut undurchdringliches, fünf Minuten währendes zweideutiges Gerede über zeitgemäße Beziehungen vom »Professor des Verlangens«.

»Kommst du wieder mal hierher?« hatte Alicia gefragt und mich über den Rand ihrer Kaffeetasse beobachtet.

Ich schüttelte den Kopf.

»Ja. Nun, ich habe auch nicht damit gerechnet. Überhaupt nicht. Aber das ist in Ordnung.«

Die Kellnerin brachte unser Frühstück und fragte Alicia, ob sie heute arbeiten würde. Frei, antwortete sie, aber ich muß morgen die Nachtschicht übernehmen.

»In dir ist etwas«, sagte Alicia, als die Kellnerin fort war. »Etwas, das du versteckt hältst. Gefährlich, vielleicht. Und vielleicht wollte ich dich deshalb kennenlernen. Aber es würde keine Rolle spielen, wie gut oder wie lange ich dich kenne, oder? Dieses Etwas würde immer versteckt bleiben.«

»In jedem von uns ist etwas versteckt.«

»Gefährliche Dinge?«

»Jedenfalls für viele von uns. Auch wenn wir sie nicht erkennen oder nicht wissen, daß sie da sind.«

Wir beendeten unser Frühstück und verabschiedeten uns draußen am Wagen. In solchen Momenten kann man nie viel sagen; die Trennung macht sich wie ein Fleck zwischen zwei Menschen breit, der Himmel entleert seine endlosen Räume über den Köpfen.

Alicia hatte meinen Arm berührt, sehr sanft, und war ins Restaurant zurückgegangen.

Meine Träumereien wurden (wieder einmal!) durch rüde Realität unterbrochen, diesmal in Gestalt eines zerbeulten grauen Chevy. Er stieß vor einer Stadt mit Namen Carl's Bay zu mir, blieb bei der Fahrt durch die Ortschaft, vorbei an den rund ein Dutzend Gebäuden an der Straße, an meiner Stoßstange, und kündigte schließlich, als wir das Ortsausgangsschild passierten und in eine lange Kurve gingen, die die Stadt hinter uns rasch außer Sicht brachte, die Absicht zu überholen an.

Der Chevy holte auf der Innenseite rasch auf. Ich sah nur den Fahrer. Natürlich war es nicht Planchat oder sonst jemand, den ich kannte; dazu würde es nicht kommen. Aber offensichtlich gab es nicht genügend Straße für uns beide. Vor der Stadt bei Sonnenuntergang und all die Sachen.

Die obligatorische Verfolgungsjagd fand ziemlich früh im Film statt.

Es gibt mehrere Möglichkeiten, mit einem derartigen Problem fertigzuwerden. Die beste ist wahrscheinlich, es einfach zu ignorieren, und das tat ich eine Weile, während der Fahrer des Chevy immer kühner und unberechenbarer wurde, wie ein Bulle, der wiederholt gegen dasselbe Stück Stahlzaun anrennt.

Er tauchte neben mir auf und tat so, als wolle er mich rammen. Ließ sich zurückfallen, bis ich ihn kaum noch sehen konnte, schloß die Lücke dann im Nu und schoß an mir vorbei. Fuhr an den Straßenrand und wartete, ließ den Wagen auf den Hinterrädern schaukeln, als ich vorbeifuhr.

Eine andere Reaktion ist es, abzuspringen, sich dem Spiel zu verweigern, und als ich den Zeitpunkt für geeignet hielt, als die Suppe gerade servierfertig war, da tat ich genau das.

Ich bremste, weder schnell noch langsam, und kam auf der Straße zum Stehen.

Der Fahrer des Chevy huschte vorbei, bremste hart mit einem Auge im Rückspiegel, versuchte eine kunstvolle Wende, die ihm beinahe mißlang. Der Chevy stand dreißig Meter entfernt, die Kühlerhaube mir zugewandt.

Ich winkte.

Dann trat ich das Gaspedal des kleinen Datsun durch, spürte, wie alles ineinandergriff, und fuhr geradewegs auf ihn zu.

Der andere wog mindestens eine Tonne mehr, und ich wäre wie eine Fliege auf seinem Kühlergrill zerquetscht worden, aber die Reflexe siegten. Ich beobachtete, wie er den Chevy heftig nach rechts lenkte, und sah im Rückspiegel, wie er versuchte, ihn wieder auf die Straße zu bringen, und dabei scheiterte. Der Wagen kippte auf die Seite, dann krachend aufs Dach und in den Straßengraben.

Sah, wie es anfing; sah, was sein mußte; sah, wie es geschah, wie Archibald MacLeish schrieb.

Alles war sehr still.

Dies ist der Moment, in dem das Publikum in Jubelschreie für den Guten ausbricht, sagte ich zu mir.

Aber es gab keine Jubelrufe, keinen Applaus. Nur noch mehr Landstraße, die darauf wartete, abgewickelt zu werden, der größte Teil des Tages stand dafür zur Verfügung, und Gott weiß, was mich erwartet.

Ich wurde langsamer und fuhr weiter.

Es waren die Sechziger, sagte eine Frau im Radio, und ich beschloß, auszusteigen, *wirklich* auszusteigen. Ich ging zu Sears und kaufte mir einen Schlafsack, einen Campingkocher und schwere Stiefel. Gab alles andere einem Freund. Dann wanderte ich, mit all meinen Besitztümern in einem Rucksack, in die Mitte von Montana. Fand diese saubere Höhle. Zog dort ein. Lebte dort vier Tage in absoluter, wunderbarer Abgeschiedenheit; und am fünften Tag kam der Bär zurück.

16

Einmal habe ich eine Geschichte von einem Autor namens Harlan Ellison gelesen, die folgendermaßen endete: In jener Nacht regnete es überall im bekannten Universum. Ich war mir nie ganz sicher, was dieses Ende in bezug auf Ellisons Geschichte bedeutete, aber jeder, der stundenlang allein in einem Motelzimmer sitzt und zusieht, wie der Regen die Welt wegspült, beginnt zu verstehen. Weiß, was es für ein *Gefühl* ist.

Ich hatte den Chevy verloren und später am Tag, mit deutlich mehr Raffinesse und weniger Gewalt, ein anderes Auto, einen Buick jüngeren Baujahrs; aber ich hatte keinen Zweifel, daß die Pirsch weiterging. Er war (sie waren) irgendwo dort draußen in dem ganzen Wasser, in dem, was von der Welt übrig blieb, was noch nicht weggespült war, und wartete.

Ein verschlüsselter Anruf aus einer anderen Telefonzelle, wenn auch diesmal keine sichere Feldleitung, hatte Informationen von bester Zweideutigkeit gebracht: keine weiteren Zwischenfälle, in die Planchat involviert war, kein weiteres Anzeichen von ihm. Vermutlich war ich die Ablenkung von dem Programm, das er vorher verfolgt hatte, wie immer es auch aussehen mochte. Und vermutlich waren Planchat oder seine Soldaten diejenigen, die sich an meine Fersen geheftet hatten: Jetzt war *ich* das Programm. So wie ich es gewollt hatte.

Nach Helena (Bevölkerung 11.972, nur nette Menschen, wie es so richtig auf dem Ortseingangsschild hieß) war ich in einem Wolkenbruch hineingefahren. Es gab zwei Motels, eins an jedem Ende der Stadt, das Sleep Inn und The Deluxe; ich entschied mich für das letztere und ging danach wieder auf See, um Vorräte heranzuschaffen.

Nach mir die Sintflut? Nun, zumindest *schien* sie nach mir zu kommen.

Ich saß auf dem schaukelnden Bett, aß Schinken aus der Dose, Wasserkräcker und Longhorncheddar und sah mir Wiederholungen von alten Fernsehserien über bescheidene Krisen in glücklichen Familien an. Jede Krise löste sich, wenn ein Darsteller sich entschloß, das zu tun, was er oder sie schon die ganze Zeit für richtig gehalten hatte. Unter den Menschen, die ich kannte, gab es nicht mehr viele Familien, glücklich oder nicht. Und nur wenige Menschen schienen zu wissen, was für richtig zu halten ist.

Ich drehte auf UKW-Musik und ließ ein Bad ein, so heiß, daß sich meine Haut rötete. Ich blieb in der Wanne, bis das Wasser kalt wurde, hörte Songs von Buddy Holly, den Beatles und Talking Heads, dann stieg ich aus der Wanne und legte mich aufs Bett. Es war halb acht. Noch viel Abend vor mir. Kein Nachlassen des Regens.

Einige Monate, bevor ich Gabrielle traf, hatte es eine kurze Zeit jemand anderen gegeben, eine junge Frau namens Carol, die ich in einem Laden für gebrauchte Bücher kennengelernt hatte. Sie stand in der Schlange vor mir mit einem Stapel Science Fiction und Biographien und brauchte zweiundvierzig Cent. An der Theke des angrenzenden Drugstore tranken wir Kaffee. Ich folgte ihr nach Hause.

Carol lebte so nahe am Boden wie alle, die ich kannte, auf der strandähnlichen Fläche eines Loft, einem heruntergekommenen Ladenspeicher im ersten Stock, bestückt nur mit fünf oder sechs Klappstühlen, hochkant gestellten Kisten, einer Gymnastikmatte, die sie als Bett benutzte, und einer Ansammlung von hellen Baumwolläufern. Die Wände waren mit Fotos von den vielen Hindernissen und Sackgassen der Stadt und ihrer Einwohner behangen. Oft fanden sich ein Dutzend oder mehr Versionen desselben Objekts, ein geschundenes Gesicht, eine Gasse, die sich zu einem dunklen Himmel öffnet, jedes Bild den anderen so ähnlich, daß ich nur bei genauem Hinsehen winzige Veränderungen in Winkeln, Schärfe, Ausleuchtung oder Kontrast wahrnehmen konnte.

Carol hatte Wasser für Kaffee aufgesetzt und ein Album von Tom Waits aufgelegt. Als ich dort neben ihr »Tom Traubert's Blues« lauschte, in einem Raum, der eher dem Wartesaal eines Bahnhofs ähnelte als einem Ort, wo wirklich jemand wohnt, ihrer Präsenz so bewußt, nach so langer Zeit von der Zartheit und dem Duft der Frau eingenommen, benommen von dem Kaffee, den wir schon getrunken hatten, war ich von Waits' Musik überwältigt, von der Art, wie er zu dem wurde, was er sang. Von dem fast unerträglichen Schmerz in seiner Stimme und dem trivialen, zum Scheitern verdammten Heldentum seiner Menschen.

In jenem Sommer hörten wir oft Waits. Es war eine Welt, die ich nur zu gut kannte, eine Welt der Bars und trostlosen Vormittage, der Bußen und der endlosen Neubeginne, die nie wahr wurden. Eine Welt, um die Carol buhlte.

Um seine Musik zu erschaffen, um jener Welt Stimme zu geben, hatte Waits sich so gnadenlos umgewandelt, wie es Kastraten oder Rimbaud getan haben, sich immer tiefer in das brutale, unterirdische, neongleißende Leben des Stadtbewohners eingegraben. Und das tat, aus ähnlichem Grund, auch Carol. Ich habe nie erfahren, ob die Kunst als Zugang zu jener Welt ihre wichtigste Motivation war: ob die Fotografien dazu gedacht waren, ihr den Zutritt zu ermöglichen, oder ob sie vielleicht ihre Aufnahme in jene Welt für eine wesentliche Voraussetzung hielt, um ihre Kunst fortzuführen und zu vervollkommnen. Jedenfalls bewegte sie sich in Waits' Kielwasser, wandte sich von Privilegien, Familie, Komfort und Sicherheit ab, um in Armut zu leben und ihre Nächte damit zu verbringen, das schwarze Herz der Stadt zu durchstreifen, und an den Tagen starken Kaffee hinunterzuspülen und (wie sie es immer wieder über ihre Arbeit sagte) *zu versuchen, es hinzubekommen.*

Ich weiß nicht, ob sie es jemals hinbekam. Aber jene Welt – oder eine andere – hat sich am Ende geöffnet und sie eingelassen: Eines Morgens kam sie nicht zum Loft zurück, und ich habe sie nie wiedergesehen. In gewisser Weise, glaube ich, hatte ich es erwartet. Aber lange Zeit habe ich auf die Straße hinabgeblickt und gedacht, sie würde dort sein; lange Zeit habe ich nach dem Klang ihrer Füße auf Metallstufen gehorcht. Ich wartete dort in dem Loft, das später zu meinem Atelier wurde. Und jetzt, weit fort von dort, erinnere ich mich.

17

Die Morgendämmerung hatte Rosenfinger, wie bei Homer. Aber wollte jemand sie blutig?

Aus alter Gewohnheit etwa jede Stunde aufwachend, hatte ich

bemerkt, wie der Regen langsam nachließ. Um fünf, als ich völlig wach war, hatte er aufgehört. Um sechs war ich unterwegs.

Ich fuhr zwei Stunden, bevor ich auf einen Toast und einen Tee bei einem Restaurant, Sam's, hielt, mitten in oder vielleicht am Rand von Nirgendwo. Nirgendwo bestand aus Sam's, einer Tankstelle und einem Tanzsaal. Die Tankstelle und der Tanzsaal waren nicht offen.

Merkwürdigerweise war Sam's fast bis auf den letzten Platz gefüllt.

Oder vielleicht war es gar nicht so merkwürdig, wenn man die Alternativen betrachtete.

Ich saß über meinem Tee – einem typisch englischen Beutel mit Blättern, so trocken und spröde wie Insektengliedmaßen –, lauschte den Gesprächsfetzen und versuchte, in Gedanken etwas von den Biographien um mich herum zu rekonstruieren.

Jetzt befand ich mich, nahm ich an, im tiefsten Herzen von Amerika, unter Menschen, deren Werte, Familien und elementare Lebensweise ich in den ganzen Jahren, in meinem Handeln für die Agency, beschützt hatte. Hier einen streitsüchtigen Diktator entfernt, dort eine kooperative Militärjunta mit Waffen versorgt, ein oder zwei Attentate. Geheimste Informationen weitergeleitet, Regierungsstürze, »taktische Unterstützung«. Alles, damit (zumindest nominell) diese Menschen ihre Leben mit Budweiser, Strandpromenade, Sitcoms, Samstagsabendfootball und Sonntagskirche weiterführen konnten. Von den meisten Dingen hatten sie nie erfahren, und falls doch, hätten sie es nie verstanden. Einer der Gründe – bloß einer –, weshalb ich mich so schrecklich fern von ihnen fühlte.

Dreißig oder vierzig Meilen weiter war ich immer noch in der grüblerischen Stimmung, als die Löcher in meiner Windschutzscheibe erschienen.

Da war kein Laut oder das Gefühl eines Aufpralls, nur rechts vorn zwei plötzliche Löcher vom Durchmesser eines Bleistifts, ein paar Zentimeter nebeneinander. Ich sah den Rauch direkt über meiner Schulter aus der Sitzlehne hervordringen, wo eine der Kugeln eingedrungen war. Es sah wie eine kleine Blume aus.

Ich lenkte den Wagen in einen Sonnenfleck und stellte den Motor ab. Ich schaute oder horchte nicht nach Speziellem, sondern *öffnete* mich ganz einfach: wurde zum Behälter für jede Sinneswahrnehmung, die hineinfallen mochte.

Wieso hatte ich keine Anzeichen gehabt, keine Vorwarnung?

Ein heiser schreiender Vogelschwarm über mir. Ein sich nähernder Sattelschlepper. Das Schnurren anderer Motoren weit entfernt.

Nichts, das nicht hier sein sollte, soweit ich sehen oder spüren konnte.

Kein glitzernder Stahl à la Hollywood in den Bäumen oder Hügeln.

Zehn Minuten verstrichen.

Ich griff nach unten, um den Zündschlüssel umzudrehen, als zwei weitere Löcher in der Windschutzscheibe erschienen, diesmal links von mir, wieder ein paar Zentimeter nebeneinander.

Zwei Blumen im Sitz neben mir.

Im Grunde genommen gibt es, wenn einen jemand töten will und wenn er etwas davon versteht – wenn er, sagen wir mal, ein erfahrener Schütze ist, wie dieser Bursche es zu sein scheint – und vor allem mit der modernen Technik, nicht sehr viel, was man dagegen tun kann.

Ich stieg aus, stand neben dem Wagen, atmete tief durch und spürte, wie sich die Muskeln entspannten. Anfangs ist es ein Trick, den man lernt. Dann wird es eine Reflexreaktion.

Nichts ...

Sonne und Stille.

Vor dem Horizont strich ein zerbrechlich wirkender Doppeldecker über die verbliebenen Wolken.

Wenn er einen natürlich *nicht* töten will, muß man sich fragen, warum er soviel Aufhebens davon macht, es zu versuchen.

Ich stieg in den Datsun und startete den Motor. Schaltete das Radio ein und saß dort. »Sympathy for the Devil«: *Bamboula*-Trommeln, Schreie. *Hocketing* nennt man das in Senegambia.

Ein Habicht tauchte aus einem Baumwipfel herab und kurvte in niedriger Höhe über dem Datsun.

Keine neuen Löcher oder Blumen.

18

Ich hielt in der nächsten Stadt und erkundigte mich äußerst auffällig nach einem alten Freund aus dem College. Fragte in einem Diner und in einer Tankstelle nach ihm, machte mehrere Telefonanrufe, ging zum Wagen zurück, um das Handschuhfach und meine Büchertasche zu durchsuchen. Fuhr sogar eine Weile mit zwanzig Meilen pro Stunde durch die Stadt und wurde noch langsamer, um die seltenen Straßenschilder in Augenschein zu nehmen.

Als Illusionist pflegte Howard Thurston seinen Assistenten zu sagen: Wenn du nicht weißt, was vorgeht, Junge, dann lächle und zeige in die andere Richtung.

Soldaten und Dinosaurier wie ich wären natürlich nicht so leicht in die Irre zu führen, aber ich war mir nicht sicher, mit wem ich es zu tun hatte, noch nicht, und dies könnte ein Weg sein, es herauszufinden. Außerdem hat Verwirrung stets ihren Nutzen. Und nach einiger Zeit wird es fast instinktiv. Alles ein Teil des Spiels, Akkorde, die Refrains wiederholen, Schritte eines rituellen Tanzes, auf den wir uns immer wieder eingelassen haben.

»Ach was, Ma'am«, sagte ich im örtlichen Postamt. »Helfen Sie einem Burschen wie mir doch weiter, ja? Noch einmal ganz von vorn. Jimmie – mit *i-e*, nicht mit *y*. Niemals James: Jim. Nachname klang englisch, wissen Sie. Ich kann fast sein Gesicht sehen, als wäre es gestern gewesen. Parkingham? Markham?«

»Der Postdienst ist kein öffentliches Informationssystem, Sir.« Bilder von langen, ungestörten Pausen, Mahlzeiten mit reichlich gebackenen Shrimps und der Gedanke an ein sicheres Pensionärsdasein füllten ihren Kopf.

»Das weiß ich, Ma'am. Und ich weiß, daß die Jungs hier einen tollen Job machen. Frauen natürlich auch. Aber hey, das ist nach fast zwanzig Jahren die erste Gelegenheit, ihn zu sehen. Ich rufe ja nicht von zu Hause an, um Sie etwas zu fragen. Ich stehe hier vor Ihnen, bin gerade über vierhundert Meilen gefahren, und morgen muß ich mindestens die gleiche Strecke noch einmal fahren. Und nun sagen Sie mir nicht, ich soll das ganze Stück nach Portland zurückfahren, ohne nach all den Mühen meinen alten Kumpel gesehen zu haben? Sagen Sie mir das nicht.«

Ich starrte (wütend? verzweifelt?) zum Fenster. Ein Insekt, so groß wie ein Kolibri und mit Doppelflügeln, stieß dagegen.

»Hey, einen Moment. *Berkeley*. Jetzt hab' ich's. Wir haben ihn immer Bish genannt. Wie hatte ich das vergessen können?«

»Freut mich für Sie, Sir. Ich wünsche Ihnen eine sichere und angenehme Heimreise.«

»Aber Ma'am. Miss? Jimmie Berkeley. Wie schwer ist das denn? Ich bitte Sie. Helfen Sie mir aus der Patsche, ja? Was haben wir denn schon, wenn wir unsere Erinnerungen nicht mehr haben?«

Und wie soll man wissen, bei all den anderen Städten, in denen ich hätte anhalten können, bei dem Namen als reine Erfindung (jedenfalls dachte ich das), daß es tatsächlich einen Jimmie Berkeley in Marvell, North Carolina, gibt?

»Ich sollte wirklich meinen Vorgesetzten rufen ...«

»Bitte! Bitte tun Sie es. Absolut. An Ihrer Stelle würde ich das gleiche tun.«

»... aber ich sehe nicht, was es schaden soll.«

»Vielleicht sollten Sie ihn auf jeden Fall rufen. Damit er anwesend ist. Um sich abzusichern.«

»Und in den letzten Jahren ist es Jimmie nicht gut ergangen. Es sollte ihm guttun, einen alten Freund zu sehen und über bessere Zeiten zu reden.«

Johnssons *sollte*. Schon wieder das gefährliche Wort.

»Er wohnt draußen in dem alten Swenson-Haus. Hauswart. Bloß, daß nicht viel zu warten ist. Wie nennt man so etwas? Einen Ruheposten?«

Während sie weitersprach, skizzierte sie den Weg auf der Rückseite eines alten Umschlags.

»Die Postanschrift ist Route eins, Box neun. Aber um dorthin zu kommen, nehmen Sie die Cherry, das ist die Hauptstraße draußen«, eine fette Linie zog sich über den Fuß ihrer improvisierten Seite, »bis hinauf zur Lomans Lane und dann rechts, sobald Sie an der Nazarenerkirche vorbei sind.« Ein Quadrat mit einem Kreuz darin. »Dann fahren Sie vier, fünf Meilen. Bis Sie zu einer alten, mit Brettern vernagelten Bahnstation kommen. Die liegt rechts von Ihnen. Der Weg links ist der, den Sie suchen. Der Kiesweg.« Dünnere Linien jetzt. »Noch eine halbe Meile, über den Bach, das erste Haus, zu dem Sie kommen. Zumindest das erste, das Sie *sehen*. Hinter dem großen Haus, in dem der alte Swenson gewohnt hat, ist ein Cottage, wahrscheinlich wurde es früher für die Kutschen benutzt oder als Sklavenunterkunft. Da drin wohnt Jimmie.« Ein X.

Meine Rolle beibehaltend, dankte ich ihr überschwenglich und dachte dabei die ganze Zeit *Verdammt, verdammt, verdammt* und *Die Netze, die wir weben*.

Aber als guter Sportler mußte ich jetzt weitermachen.

Ich mußte dorthin fahren, den Korb treffen, dribbeln, stolpern, foul spielen und mich zurückziehen.

Und das tat ich auch.

Jimmie stieg von einem mit Ranken überwachsenen Traktor am Rand der Bäume, als ich die Auffahrt hinaufkam. Die Furchen auf dem Weg hierher waren schon schlimm gewesen, aber diese hier waren noch schlimmer. Ich walzte über sie hinweg, der tiefliegende Datsun verließ immer wieder die Vertiefungen, die Motorhaube hob sich und krachte wie ein Schiff in schwerer See wieder zurück. Ich trat auf die Bremse und kam schaukelnd zum Stehen. Jimmie wartete vor dem großen Haus.

Okay. Ich würde mich auf einige Sekunden Smalltalk einlassen und ihm dann sagen, es täte mir leid, aber er wäre offenbar der falsche. Vielleicht die falsche Stadt. Vervollständigung, Abschluß. Dann den Wagen zurücksetzen, wenden und nichts wie weg von hier.

Aber ich sah – oder glaubte zu sehen – in seinen Augen eine Spur von Wiedererkennen. Und etwas an seinem Gesicht, etwas in seinem Gang und im Verlauf seiner Worte war vertraut.

»Kann ich Ihnen behilflich sein, Sir?« fragte er distanziert.

»Ich … ich scheine mich verfahren zu haben. Können Sie mir sagen, wie ich wieder auf die Interstate komme?«

»Schätze, da sind Sie mächtig vom Weg abgekommen.« Er lachte. »Aber Sie brauchen nur zu wenden und ein paar Meilen den Weg zurückfahren, den Sie gekommen sind, und wenn Sie an einen Bach kommen, dann biegen Sie links ab. Überqueren Sie den Bach nicht, sondern biegen Sie direkt *vor* ihm ab. Nach ein oder zwei Meilen sehen Sie den Highway.«

»Verstanden. Danke.«

Er trat näher an den Wagen heran.

»Kenne ich Sie?«

»Nicht daß ich wüßte.«

»Also nicht aus der Gegend?«

»Nein.«

»Und ich war mein ganzes Leben hier. Aber ich kenne Sie. Wir sind uns schon mal begegnet.« Er schüttelte den Kopf und zuckte die Achseln. »Vielleicht in einem anderen Leben. Wer weiß schon wirklich, was es da alles gibt? Finden Sie jetzt den Highway?«

Ich bejahte, bedankte mich noch einmal und holperte über die Furchen zurück.

In der Tat, wer weiß es wirklich?

Wie ich der Postangestellten schon gesagt hatte, bevor dieser Mann, den ich erfunden hatte, Fleisch und Blut wurde und mit mir redete: Was haben wir denn schon, wenn wir unsere Erinnerungen nicht mehr haben?

Was ich für reine Erfindung gehalten hatte, war *mehr* geworden, schien sich tatsächlich aus einem geheimen Brunnen der Erinnerung seinen Weg an die Oberfläche gebahnt zu haben.

Und was, wenn als nächstes die Erinnerung selbst – seine, meine eigene – nur Erfindung war?

19

Auf den nächsten hundert Meilen stieg ein Ford Escort auf den ersten Platz der Charts.

Reden wir über Schutzlackierung. Ein Ford *Escort*?

Er stieß bald hinter Carl's Bay und dem Scharfschützen zu mir. Einige Meilen vorher war ein Dodge aufgetaucht, daher hätte ich eine Zeitlang eine Münze werfen können, aber dann bog der Dodge ab und kam nie wieder, was entweder hieß, daß er überhaupt nicht ins Spiel paßte oder daß er eine klassische A-B-Verfolgung fuhr und mich an den Ford weitergereicht hatte.

Das war also die Melodie, zu der wir jetzt tanzten.

Ich fuhr weiter und dachte an die ersten Wochen in meinem Buick, nachdem ich meinen Abschied genommen hatte, die endlosen Highwaymeilen, die ich unter die Räder nahm, die offene Straße, die sich in meinem Geist und meinem Leben zu entfalten begann. Brubeck und Bird und Sidney Bechet, die ständig auf dem Kassettenrekorder liefen. Die Sachen gab es damals nicht in den Geschäften; ich hatte teures Geld an Sammler gezahlt, die es für mich von ihren Stapeln alter Schallplatten und Magnetbänder überspielten.

Ich dachte an Männer, die schon lange tot waren, an das Gesicht einer Frau in Chile, an Körperstücke eines Kindes, die ich eines Morgens in Salvador neben der Straße fand. Ich erinnerte mich an das Gefühl, wenn jemand neben dir stirbt, wie der eigene Körper im selben Augenblick realer, lebendiger wird.

Ich fragte mich, welchen Nutzen ein Soldat mit Gewissen haben mochte und ob ich tatsächlich eines besaß (aber ich war hier, nicht?) und was Gewissen überhaupt war.

Kurz nach dem Lunch wich der Escort zugunsten eines Mazda-Pickup, der mir in so ruhiger Entfernung folgte, daß ich sicher wurde, mich diesmal in Anwesenheit eines Profis zu befinden.

Mazda saß die ganze Zeit klaglos auf einem freien Parkplatz, während ich mein Dinner in einem Steakhaus auf fast zwei Stunden ausdehnte. Als ich weiterfuhr, folgte er in aller Ruhe. Und als ich mich schlafen legte, stand er auf dem Parkplatz zwischen Touristenhütte Nummer neun und der einzigen Ausfahrt.

Das war sauber.

Er kannte die Bewegungen, ohne sie vorausplanen zu müssen. Ich hatte es nicht mehr mit Amateuren zu tun.

Die Hütten stammten aus der Ansichtskartenwelt der Fünfziger: nachgemachter Siedlerstil, als hätte ein zurückgebliebenes Titanenkind zu Weihnachten eine Kiste Bauklötze bekommen und wild drauflos gebaut, einschließlich brauner Kunststoffkamine und Türen, die so lackiert waren, daß sie aussahen, als wären sie aus vier Brettern und mit Kreuzbalken gezimmert. Drinnen war es noch schlimmer. Man konnte sich kaum umdrehen, ohne irgend etwas anzustoßen; die Hütte war vollgestopft mit einem grünen Naugahyde-Sofa samt Sessel, einem Bett, dessen Kopfbrett an Grabsteine gemahnte, passender heller Kommode und Sekretär, einem Ecktisch mit blaugrüner Kunststoffplatte, die es nach vielen Jahren in Fesseln beinahe geschafft hatte, sich von ihren Winkelträgern zu befreien.

Ich benutzte das Telefon der Hütte und meine Telefonkarte, um ein Telegramm an eine Falltüradresse zu schicken: *Morgen Xanadu Halt.*

Mehr Verwirrung, mehr Störgeräusche.

Den Leinenvorhang mit den Siedlermotiven – Wagenräder, Lassos, ein Proviantwagen – ließ ich offen und schaltete im Fernsehen einen Sonderbericht über die jüngsten Massenmorde in Utah ein. Unscharfe Filmbilder des Verdächtigen, Einstellungen von leeren Hinterhöfen und ehemaligen Klassenzimmern, einem Häuserblock, einem sturmerfüllten Himmel. Interview mit einem Psychologen, der auf den kriminellen Geist spezialisiert war, und, völlig unverständlich, mit einem »Fernsehberater«. (Einem *was*?) Jeder wurde auf der Stelle für kurze Zeit zum Schauspieler, jeder sprach seine Sätze mit gewichtiger Trauer und Gewißheit. Offenbar kam niemandem der Gedanke, daß Erklärungen und Antworten, sofern sie tatsächlich existierten, sehr komplex und nur in den Annäherungen eines echten Diskurses oder der Kunst zu finden wären, aber bestimmt nicht in Predigten, Schlagworten, fadenscheinigen Aphorismen.

Wieder ein großartiger Auftritt, dachte ich wie benommen, für amerikanisches Unwissen.

Auf die Nachrichtensendung folgte ein schlecht synchronisierter japanischer Kriminalfilm, *Ransom*, der mich trotzdem in seinen Bann schlug, eher durch die schauspielerische Intensität des Hauptdarstellers und das schlichte Schwarzweiß des Films – als entspringe es seinem eigenen Geist –, als durch Vorzüge in Plot oder Technik.

Als dreifacher Mörder verurteilt (keine der Taten aus Leidenschaft), wird Osho während des Krieges aus dem Gefängnis mit der Maßgabe entlassen, daß er als Gegenleistung für seine Freilassung wieder töten wird: dieses Mal einen eigenartigen Patrioten, einen alten, einstmals hervorragenden Soldaten, der seine Leute jetzt weg von den Konfrontationen in Verhandlungen hineinführt. Osho flieht sofort, läßt sich in einem düsteren Bergdorf nieder, wo er zum Beschützer einer jungen, leicht zurückgebliebenen Frau, in die er sich verliebt, und ihrer Familie wird. Räuber – Flüchtlinge aus verschiedenen Kriegsgebieten, desertierte Soldaten – überfallen das Dorf in unregelmäßigen Abständen und werden von Osho gewaltsam getötet. Es gibt kurze Rückblicke auf die Prügel, die er als Kind von seinem Vater bekam; auf die Verhängung des Kriegsrechts (am Anfang ebendieses Krieges) und die daraus folgende Konfiszierung der Fischerboote, der einzigen Einnahmequelle seines Dorfes; auf das einzelne Boot, das er und ein Freund in die Berge trugen, und den Offizier, dem sie begegneten und den sie töteten, als er sich ihnen in den Weg stellte; auf den Mann, dessen Kehle er Jahre später bei einer Kneipenschlägerei um eine Frau aufschlitzte, dessen Name er nicht kannte und auch nicht wissen wollte; auf das Gesicht des Mannes, den er, im Gefängnis, fast getötet hätte, von dem er aber in letzter Sekunde abließ. Am Ende des Films empfindet man trotz seiner Taten, trotz seiner letzten, leidenschaftlichen Mordtat großes Mitgefühl, geradezu Zärtlichkeit für Osho. In den letzten Einstellungen des Films klettern ein halbes Dutzend Polizisten in Zivil langsam den Berg hinauf, um ihn zu töten, weil er das Abkommen nicht erfüllt hat. Das Land hat seinen Frieden wieder.

Ich ging zum Fenster, halbwegs in der Erwartung, daß der Fahrer des Mazda im Fenster gegenüber stände und auf dem Bildschirm hinter ihm derselbe Film gerade zu Ende gegangen wäre.

Aber dort draußen war nur Schwärze, ab und zu durchschnitten von Scheinwerfern und untermalt vom dumpfen Donnern der Trucks auf der Interstate in einer Meile Entfernung.

Und danach gab es noch mehr Nachrichten, noch mehr Polizeiserien und Sitcoms, endlose Werbung, eine nicht enden wollende

Stunde verqueren britischen Humors in Smokings und Frauenkleidern.

Ich schlief gut, träumte von der Landschaft Südfrankreichs, seinen kleinen *caves* und Restaurants, seinen Pâtés, übergroßen Flaschen Landwein, Cassoulcts, Gemüsen und sanften grünen Hügeln. Leise flüsterte der Wind mir zu und wurde niemals müde. *Ma feuille*, sagte der Wind, *ma petite feuille, ma jolie feuille* …

Am Morgen erhielt ich, und das überraschte mich genauso, als hätte ich Antwort auf eine Flaschenpost oder auf in die Dunkelheit geflüsterte Worte bekommen, eine Antwort auf mein Telegramm.

»Mr. Anderson?« sagte der Mann vom Empfang, als ich das Telefon abhob. Wahrscheinlich war er gleichzeitig Besitzer und verantwortlich für die Instandhaltung und die Hälfte des Reinigungspersonals. »Tut mir leid, Sie so früh zu stören, aber ich habe hier ein Telegramm für Sie.«

»Ja?«

»Möchten Sie, daß ich es vorlese?«

»Bitte.«

»Oh. Okay. Also … Hier steht: *Ich erwarte Sie*. Und da ist noch etwas, ein Name, vielleicht. K-U-B-L-A? Das ist alles. Sie checken heute morgen aus?«

»Ja. Nochmals danke.«

»Aber nein. Ich danke *Ihnen*.«

Zehn Minuten später reihte sich der Mazda hinter mir ein. Wir fuhren wie ein ganz kleiner Zirkus die Straße entlang und hielten zum Frühstück bei einem Truck-stop. Reichlich Parkplätze vor dem Gebäude. Diesmal kam er hinein, setzte sich an die Theke und bestellte Kaffee.

20

Ich aß mein Frühstück langsam, nahm anschließend eine zweite Tasse Kaffee mit zur Theke und setzte mich neben ihn. Er war bei seinem dritten oder vierten Kaffee, mit Milch und Süßstoff aus himmelblauen Tütchen. Von unserem Platz an der Theke sah man Gläser in Drahtgestellen an der Küchenwand, ein Tablett mit wie Burritos zusammengerollten Servietten, Besteck, ein verklebtes Waffeleisen.

»Kommen Sie oft hierher?«

Viel jünger, als ich gedacht hatte – aber sind sie das nicht alle? – und auf undefinierbare Weise gutaussehend; praktische Kleidung: weite Jeans, Pulli. Skijacke, Laufschuhe. Ich war nicht der einzige, der ihn für gutaussehend hielt. Die Kellnerin brauchte unmäßig viel Zeit, um sich um seinen Kaffee zu kümmern.

»Steinbock«, sagte er. »Und nein, ich möchte nicht tanzen.«

Eine Zeitlang saßen wir dort. Trucker kamen herein, tätigten zwischen Kaffee und Burgern Anrufe und gingen wieder. Touristen, deren Kinder draußen hinter den Fenstern von Kastenwagen wie Haie in einem Aquarium lauerten, materialisierten an der Theke und traten den Rückweg mit Kartons voller Nahrungsmittel an.

»Und was machen wir als nächstes?« fragte ich. »Sollen Sie mich mit einem Marmeladen-Doughnut ersticken?«

»Ich dachte, ich könnte Sie überreden, das Chili zu bestellen. Das müßte reichen.«

»Oder ich könnte Ihnen meine Reiseroute aufzeichnen, und wir treffen uns zweimal am Tag zu den Mahlzeiten. Erspart Ihnen einige Mühe. Auf längere Sicht ist das leichter für alle.«

»Hmmmmm«, sagte er und bekam von der Kellnerin Kaffee nachgeschenkt. Einen guten Kunden kann man keine zwei Schluck nehmen lassen, ohne seine Tasse nachzufüllen. Er nickte ihr zu und lächelte.

»Wir könnten auch eine Fahrgemeinschaft in Betracht ziehen«, sagte ich. »Ich weiß nicht, ob es derzeit eine Energiekrise gibt, aber falls nicht, wird über kurz oder lang eine kommen.«

Er schüttelte den Kopf, einen Zentimeter in jede Richtung, genau einmal. »Eher nicht. Ich habe gesehen, wie Sie fahren.«

»Wohl wahr. Aber Sie müssen es als Ganzes sehen.«

Statt dessen blickte er in seinen Kaffee und schlug einen Spaziergang vor. Ich zahlte, wartete, während er mit der Kellnerin redete, und dann traten wir in einen frischen, sonnigen Vormittag hinaus. Auf allem lag Sonnenlicht, einfach so, und versuchte, die Welt zu erwärmen.

Wir gingen ein oder zwei Blocks weit, dann in eine Seitenstraße, die kaum genug Raum für sechs Häuser und einen zugewachsenen Parkplatz bot, der vor dem Chaos von Kudzu und dem, was die Menschen hier *Gehölz* nannten, kapituliert hatte. Bei einem kurzen Auftrag in Midland-Odessa, Texas, hatte ich ähnlich empfunden: dieses Gefühl, daß ich drei Schritte von der Stadt entfernt plötzlich mit einem Schritt die Kontinentalscheibe verlasse, in Treibsand und Nichts hineintrete – als hätten Außerirdische die Stadt aus ihrer Umgebung herausgemeißelt und sie hier deponiert.

»Erinnern Sie sich an einen Morgen im Herbst '71, auf Zypern?« sagte mein Begleiter nach einiger Zeit.

Das Gesicht einer Frau kam mir in den Sinn. Der Geruch von Zitronenbäumen, Kerosin.

»Ich erinnere mich. Aber *Sie* können das unmöglich.«

Er fuhr fort. »Wegen Ihrer Anwesenheit, wegen dem, was Sie

dort getan oder ausgelöst haben, kam eine Frau – ich kenne keine Details, und Sie selbst erinnern sich vielleicht auch nicht an alle –, die zum Tode bestimmt war, wieder mit ihren Kindern zusammen.«

O ja, ich erinnerte mich.

»Jahre später, weit weg von der Insel, in einer anderen Welt, lernte diese Frau eine neue Liebe kennen und heiratete wieder. Ihr Mann war ein russischer Emigrant, ein kinderloser Witwer, der lange Zeit geglaubt hatte, sein Familienname würde nie mehr weitergegeben werden.

Zuerst war Dimitri erstaunt, dann dankbar, daß er so spät im Leben Liebe und eine Familie fand. Dankbarkeit fiel ihm nicht leicht, müssen Sie wissen. Er hatte sich seinen Weg nach oben von der schlimmsten Arbeit in den Docks erkämpft. Für ihn war es schwierig, Zufall, Glück, Schicksal – alles andere als seine eigene Entschlossenheit und Arbeit – als Ursache für das zu akzeptieren, was in seinem Leben geschah. Und da diese Erkenntnis, diese Dankbarkeit unter solchen Mühen geboren wurde, wurde sie sehr ernst genommen. Er nahm sie sich *zu Herzen*, wie er es selbst vielleicht formuliert hätte. Sie wurde zu den zentralen Tatsachen seines Lebens.

Mit der Zeit erstreckte sich diese Dankbarkeit auf den Menschen, von dem er wußte, daß ihm seine Frau ihr Überleben verdankte. Und als er eines Tages erklärte, daß diesem Menschen entsprechender Dank widerfahren würde, verwendete Dimitri seine nicht unerheblichen Mittel darauf, die Identität jenes Mannes zu entdecken.«

Mein Begleiter schwieg einen Moment, sah einem Käfer zu, der mühsam über die Böschung der Straße krabbelte.

»Es war, wie Sie bestimmt wissen, eine übermächtige Aufgabe.«

»Das denke ich mir.« Hoffe ich.

»Eine Aufgabe, besetzt mit falschen Spuren, voller Sackgassen, Irrwege, Fehlleitungen. Und zuletzt ist es schwer zu sagen, ob Zähigkeit und Geld – gewaltige Summen, Schatztruhen voll – oder schlichtes Glück mich schließlich zu dem lange angestrebten Ziel geführt haben.«

»Dies ist also das Ziel? Hier?«

»Der Russe, Dimitri, ist vor vielen Jahren gestorben – ein guter Mann, wie ihn die Welt selten sieht. Seine Frau, die Sie als Cybelle kannten, folgte ihm kurz darauf.

Indem ich Ihnen jetzt danke, erfülle ich die Dankbarkeit meines Vaters und das Versprechen, das ich ihm gegeben habe. *Spaseba*«, sagte er und streckte die Hand aus. »Ich bin Michael. Und jetzt kann ich wohl, endlich, mein Leben fortführen.«

In Anbetracht seines erkennbaren Professionalismus sagte ich: »Ist das denn wirklich *Ihr* Leben?«

»Nein. Eigentlich bin ich Ingenieur, Schiffskonstrukteur. Aber ich hatte nicht viel Gelegenheit, diesen Beruf auszuüben.«

Wir näherten uns wieder dem Truck-stop.

»Trotz aller Anstrengungen und Hingabe war der alte Russe nie in der Lage, Ihre Identität zu entdecken. Im Grunde hat er so gut wie nichts in Erfahrung gebracht. Was sollte es für mich folglich anderes geben, als selbst das zu werden, was Sie, wie wir wußten, waren? Wenn du Wölfe finden willst, *werde* ein Wolf.

Und genau das habe ich getan. Ich habe mich ausbilden und als Operativagent einsetzen lassen, und schon bald traf ich in dieser geheimen, umsichtigen Welt auf gewisse … Geschichten, würden Sie wohl sagen. Ob Sie es wissen oder nicht: Der Platz, den Sie einmal eingenommen haben, enthält heute eine Art Mythos, einen Hohlraum. Wie in Wosnessenskis Gedicht für Robert Lowell:

встал в пустоту, что осталась от роста Петра.

Sie waren in diesem Raum eingehüllt. Aber dann schien es so, als sei der Raum nicht mehr leer, der Hohlraum füllte sich. Das Grollen ferner Gewitter drang zu mir. Gerüchte, unerklärte Vorkommnisse, Bewegungen am Horizont. Alle führten mich unausweichlich zu diesem Auftrag. Zu Ihnen. Und damit zum Ende einer Karriere.«

Wir standen neben einer großen Glastür, die mit Andenkenstickern beklebt war. Unser Atem kämpfte sich in die kühle Morgenluft vor. Ein Paar mittleren Alters auf einer Gold Wing fuhr an den Straßenrand; während der Motor weiterlief, studierten sie unterschiedliche Straßenkarten, er mit einer Halbmond-Lesebrille, sie blinzelnd und mit ausgestrecktem Arm.

»Ich hatte angenommen, *meine* Karriere sollte zu Ende gehen«, sagte ich. »Und mein Leben.«

»Das haben andere offenbar auch angenommen.« Michael schaute in das Restaurant hinein. Die Kellnerin erwiderte hinter der Theke seinen Blick. Beide lächelten.

»Eines muß ich Ihnen sagen: Ich bin mir ganz und gar nicht sicher, daß ich die hier eingesetzten Spielsteine erkenne oder daß ich die richtigen Spielzüge kenne. Und das Spielbrett scheint sehr eigenartig und sonderbar geformt zu sein. Ich hoffe, mein Freund, Sie werden besondere Vorsicht walten lassen.«

Wir tauschten einen Händedruck.

»Wie fremdartig sich das anhört, Sie so zu nennen: Freund. Sie waren lange Zeit Mittelpunkt meines Lebens, doch bis heute bin ich Ihnen nie begegnet. Und nun habe ich keinen Grund, Sie noch einmal wiederzusehen.«

»Es sei denn, Sie kommen einfach *als* Freund.«

Einen Moment stand ich dort und sah durch eine kleine Landkarte von Texas auf der Tür, wie er das Restaurant betrat und sich wieder an die Theke setzte. Eine Tasse Kaffee wurde ihm serviert. Die Kellnerin hatte offenbar eine Pause. Sie setzte sich zu ihm.

21

Für den Rest dieses und einen großen Teil des nächsten Tages – vermutlich bis sich jemand umschaute, um Michaels Abtrünnigkeit zu entdecken – blieb ich Solist. Unbehelligt und allein fuhr ich auf der Interstate und durch Ortschaften, die an ihr klebten, mit mir und meiner Umgebung im Frieden.

Dann, ungefähr gegen drei Uhr nachmittags, etwa in Höhe einer Anzahl von Badewannen aus Fiberglas, die wie Puzzleteile hochkant aufgereiht waren, und eines Ladens, der »Kettensägenkunst« verkaufte (totemähnliche Figuren von Bären und anderen wilden Tieren, von der Hüfte an aufwärts aus Baumstämmen herausgehauen), wurde ich durch Zuerwerb eines sportlichen kleinen Dings und eines elchgrauen Pontiac – Kontratenor, Baß – zum Trio.

Nach einer guten Stunde schalteten sie den Datsun aus.

Viel konnte ich nicht ausrichten. Dreißig Meilen oder mehr hatten wir auf der geraden Strecke Katz und Maus gespielt, bis wir in eine dichte Folge enger, gegenläufiger Kurven kamen. Der Pontiac hatte sich an meine Außenseite gesetzt, hielt mich in den Kurven fest und drängte sich dicht gegen mich, während der Sportwagen, ein Fiat, an der Innenseite wie ein guter Schäferhund schnappte und zwickte.

Es war zeitlich perfekt abgestimmt, fast choreographisch. Und als ich schließlich die Straße verließ – mehr oder weniger aus eigener Wahl, weil ich meine vermutlich letzte Chance ergriff –, dachte ich einen Moment, gerade bevor die Hinterräder Haftung verloren, ich wäre erledigt, dachte, das wäre jetzt wirklich mein Ende.

Der Datsun schlug auf die gegenüberliegende Böschung, verharrte einen unendlichen Augenblick lang, in dem mehrere lateinamerikanische Staaten mindestens einmal ihre Namen, Ideologien und Herrscher auswechselten, in Schlagseite, gewann dann rasch wieder an Tempo und begann zu rollen.

Nach sechs schien mir alles akademisch, und ich hörte zu zählen auf.

Deshalb begann ich selbst zu rollen: entfaltete die Kugel, zu der ich mich zusammengepreßt hatte, und rollte in einer einzigen fließenden Bewegung aus dem Wagen. Dann ließ ich mich von der Schwungkraft auf die Füße bringen und rannte zwischen Plakatwänden für Steakhäuser, Motels und Abschleppdiensten in das nahe Gehölz.

Ich saß hoch oben auf einem Ast, als sie sich schließlich verabredet hatten, mich zu verfolgen. Ich konnte sehen, wie sie die Wagen in V-Formation neben der Straße parkten. Es waren nur die beiden Fahrer, der eine im mittleren Alter, kurzgeschorenes Haar, mit weißem Hemd, Krawatte und Windjacke, der andere mit Lumberjack und Baseballkappe. Der ältere hatte eine Schrotflinte. Der jüngere dachte wahrscheinlich, sein rotes Hemd sei Waffe genug.

Ich blieb ziemlich lange dort oben, ließ sie sich ermüden und den anfänglichen Elan verlieren.

Dann lief der junge hinter einem Baum in meinen Ellbogen und ging zu Boden. Sein Kopf lag auf Wurzeln. Blut rann aus seiner Nase, sammelte sich in seinem Kragen, benetzte sein Hemd und färbte es kastanienbraun. Er röchelte.

Der ältere bereitete mehr Probleme, und einen Moment dachte ich, ich wäre ihn zu hart angegangen. Aber schließlich kehrte Leben in die stumpfen grauen Augen zurück, die er auf mich richtete.

Ich nickte ihm zu.

Nach einigen Sekunden sagte er: »Korrigieren Sie mich, falls ich irre. Aber ich vermute, wenn ich mich bewege – falls ich das überhaupt kann –, erschießen Sie mich.«

»Womit?«

Ich saß mit angezogenen Knien an einem Baum. Ich spreizte die Hände.

»Okay, wenn ich mich setze? Falls ich kann?«

Ich nickte.

Langsam kam er hoch, die Hände flach auf den Beinen, schwer atmend, den Schmerz niederkämpfend. Wegstecken und später benutzen.

»Adrian?« sagte er.

»Schläft.«

»Zeitweilig oder dauerhaft?«

»Sagen wir, eine halbe Stunde.«

Er blickte zum Highway hoch, blinzelte durch den Blätterbaldachin in die Sonne. Irgendwo dort oben turnte ein Eichhörnchen herum.

»Also gut.«

Er hob die linke Hand, betastete mit den Fingern der rechten das Handgelenk, erfahren und sachlich.

»Das dritte Mal, daß ich mir das Scheißding breche. Wie …«

Er sah mich wieder an. Augen ohne Tiefe.

»Wie?« sagte ich.

»Wie lautet der Handel?«

»Wie wär's, wenn wir Geschichte spielen. Ich bin die großen bösen Russen und Sie sind Julius Rosenberg. Verraten Sie mir ein paar Geheimnisse.«

»O ja, ich weiß, wie das ausgegangen ist.«

»Diesmal muß es nicht so sein.«

Plötzlich flogen Vögel wie aufgeschreckt aus den umgebenden Bäumen hoch. Sekunden später kam auf der Zufahrtsstraße ein Truck in Sicht, schwarz glänzende Fahrerkabine, leuchtendhelle Pkw dahinter aufgereiht, so klar wie Farben in einem Malkasten.

»Zigaretten in meinem Hemd«, sagte er. »Okay, wenn ich sie herausnehme?«

»Sicher.«

Er zündete eine an, rauchte und sah zu, wie der Truck auf die Interstate einbog. Ich dachte an Kamele, die eine halbe Welt entfernt zwischen Dünen trotten. An Metallbaukästen, Karnevalswagen, den Eiffelturm. Meine Skulptur.

»Viel kann ich nicht weiterhelfen. Es gibt einen Mann – einen Agenten, ich schätze, den müssen Sie anrufen. Alles kommt über ihn. Wenn jemand einen Job zu erledigen hat, nimmt er Kontakt auf, und der Mann setzt die Bedingungen fest, besiegelt den Handel. Ich melde mich später bei ihm, zweimal am Tag, wenn ich nicht ohnehin arbeite, sonst kann es zwei oder drei Uhr werden, bevor ich eine Gelegenheit bekomme, und er sagt mir, ich soll mich hierhin oder dorthin begeben. Seien Sie um fünf in Dallas, morgen früh in Akron, dies müssen Sie dort tun. Tickets sind immer hinterlegt.

Motelzimmer. Barzahlung. Alles ultraclean, professionell. Glatt. Also kann ich Ihnen keinen Namen geben. Deshalb ist alles auf diese Weise arrangiert.«

Er schüttelte den Kopf. »Der Rest ist Schweigen«, sagte er.

War es aber nicht.

Adrians Atmung ließ auf Probleme schließen. Wir beide hörten das mühevolle Einatmen, lauschten und hörten das Keuchen, merkten im selben Moment, daß seine Atmung ausgesetzt hatte.

Und plötzlich waren wir zusammen bei dem Baum.

Ich packte die Fußknöchel, zog den Jungen in flache Körperlage, schlug zweimal fest mit der Faust auf seine Brust. Dann maß ich schnell drei Fingerbreit vom Schwertfortsatz seines Brustbeins, verschränkte die Hände und begann, die Ellbogen steif, im Rhythmus zu pressen.

»Eintausend, zweitausend …«

Sein Begleiter drückte ihm die Nasenlöcher zu und blies seinen Atem in Adrians Mund.

»Dreitausend, viertausend, fünf…«

Atmen.

»Eintausend, zwei…«

Atmen.

»Eintausend …«

Atmen.

Nichts.

Nach zehn oder zwölf Minuten wechselten wir uns ab. Ich sah ihm zählend zu, wie er auf der unverletzten Hand über dem Jungen hin und her schaukelte; und bei jedem fünften Pressen blies ich meinen Atem mit Gewalt in Adrians unbewegten Mund. Er blieb unbewegt. Unser Schweiß tropfte auf ihn.

Wir wechselten noch einmal, ein weiteres Mal.

Bis wir schließlich erschöpft aufgaben. Adrians Pupillen waren schon seit einiger Zeit erweitert gewesen.

»Was zum Teufel ist passiert?« wollte mein Ko-Sanitäter wissen.

»Keine Ahnung«, sagte ich. »Es tut mir leid.«

»Ja. Sicher.« Er zündete sich eine Zigarette an, legte sich gegen die Wurzeln, atmete heftig und schaute in den Himmel. »Was uns hier hält, ist alles ziemlich zerbrechlich.«

Nach einiger Zeit fragte er: »Haben Sie Kinder?«

Ich schüttelte den Kopf.

»Frau?«

Nein.

»Nur wenige von uns leisten sich das. Der Junge da hat mir noch am nächsten gestanden. Einundzwanzig Jahre alt. Wäre nächsten Monat zweiundzwanzig geworden. Erinnern Sie sich eigentlich, wie es war, jung zu sein?«

»Eigentlich nicht.«

»Ich auch nicht.«

Er kam mühsam auf die Füße, ging zu dem Pontiac, fischte eine Flasche Stoly aus dem Handschuhfach und brachte sie herüber.

»Trinken Sie mit?« fragte er.

Wir reichten die Flasche einige Male hin und her.

»Ich gehe nicht viel aus«, sagte er. »Sie wissen ja, wie das ist, die ganze Zeit arbeiten, man weiß nie, wo man am nächsten Morgen wach wird. Und *wenn* ich dann ausgehe, dann sehe ich mir die ganzen Menschen an, mit ihren Anzügen, ihren Kombis und den nächsten dreißig Jahren ihres Lebens aufgeprägt wie auf einer Münze, und dann muß ich mich fragen, was sie funktionieren läßt.

Muß Familie sein, stelle ich mir vor. Und ich schätze, Adrian war so ziemlich *meine* letzte Gelegenheit für Familie.«

Ich reichte ihm die Flasche.

Er nahm einen kleinen, sorgfältigen Schluck und reichte sie mir zurück.

Ich trank sie leer. Hielt die Flasche an meinem Körper. Vögel sangen wieder. Wir saßen eine Zeitlang, ohne zu reden.

»Also, los«, sagte er. »Helfen Sie mir, den Jungen in den Wagen zu schaffen, und ich setze Sie in der nächsten Stadt ab. Wir leben unsere Leben weiter, wie man so sagt.«

Als hätten wir es: Leben.

22

Nicht etwa, daß es vorher für mich nicht »real« gewesen wäre.

Es war real: Ich hatte zu viele Leichen gesehen, zu viele Städte, an denen Flammen nagten, zu viele leere Gesichter und abgeschlossene Leben, als daß es weniger hätte sein können. Aber bis zu diesem Augenblick waren meine beiden Leben – das alte, das diese Dinge beinhaltet hatte, das sich aus ihnen definierte, und das neue, das sie zuerst leugnete, später sich nach bestem Vermögen bemühte, sie irgendwie zu verstehen, sie aufzunehmen, zu absorbieren – nicht zusammengekommen.

Wie eine Augenuntersuchung, bei der Buchstaben links und rechts aus dem Blickfeld ragen und dann plötzlich aufeinander zuschwimmen und sich koppeln.

Ironie, würde mancher sagen, ist die Stimme unserer Zeit, einer Zeit, die vielleicht mehr dem Bild und der Form als der Substanz zuneigt. Und es ist schwierig, sich ein ironischeres Bild vorzustellen als zwei Killerveteranen, die neben der Straße hocken und versuchen, eine jüngere, unerfahrene Version ihrer selbst wiederzubeleben.

Ein Fieber in meinen Knochen, hätte Pavese vielleicht gesagt.

Dort fing es an, fing es wirklich an.

Bilder schwammen in meinem Geist. Aber sie schwammen unter einer dunklen Membran. Ich vermochte nur schwächste Umrisse ihrer Formen auszumachen, als sie kurzzeitig nach oben trieben und gegen die Oberfläche stießen, die sie wieder in die Tiefe zurückprallen ließ.

Vorahnungen? Erinnerungen? Okkulte Kenntnisse?

Was sie auch sein mochten – sie versuchten zu entkommen, auszubrechen.

Wie wir alle.

Gibt man ihm Papier und Bleistift, zeichnet der Affe, schwerfällig und präzise, nur die Gitter seines Käfigs, immer wieder.

23

Adrians Mentor setzte mich an einer Telefonzelle am Rand der nächsten Ortschaft ab. Johnsson nahm beim zweiten Klingeln ab.

»Ich muß Sie erneut bitten, David, nicht mehr auf sicheren Leitungen anzurufen.«

»Sie konnten nicht wissen, wer jetzt anruft.«

»Die Chancen standen ziemlich gut. Man entwickelt ein Gefühl für solche Dinge, wie Sie sich vielleicht erinnern.«

»Ich brauche eine Überprüfung mit Priorität eins.«

»Eigentlich sind das die einzigen, David, die wir in den heutigen Zeiten der Computerakten durchführen. Aber sprechen Sie weiter.«

Ich berichtete ihm von dem Gespräch in dem Restaurant, verriet ihm aber nur das Nötigste.

»Michael. Der Nachname könnte Danyovich sein. Vater Dimitri. Mutter auf Zypern geboren, Name unbekannt, auch wenn sie sich eine Zeitlang Cybelle nannte.«

Ich beschrieb Michael so, wie nur ein ausgebildeter Beobachter (obschon einer, der lange aus der Übung ist) beschreiben kann, und sagte Johnsson, daß ich auf das Ergebnis warten würde. Ich wollte ihm die Nummer der Telefonzelle geben, aber er sagte, das sei nicht nötig: Die Technik sei heutzutage ein bißchen weiterentwickelt. Ich öffnete die Tür der Telefonzelle, um Luft hereinzulassen, und beobachtete den gemächlichen Verkehr auf der zweispurigen Straße. Binnen zehn Minuten rief Johnsson zurück.

»Unter mehreren Namen«, begann er ohne Einleitung, »sehe ich, daß Michael Kandinsky – manchmal Michel oder Mikhail – am häufigsten benutzt wird. Er entspricht Ihrer Beschreibung und, soweit wir es nachvollziehen können, dem von Ihnen skizzierten Hintergrund. Ziemlich neu im Spiel, scheint es. Und extrem vorsichtig. Fast keine Querverbindungen.«

»Welcher Dienst?«

»Freischaffend, wie die meisten Osteuropäer heutzutage. Sie … Warten Sie einen Moment.«

Absolute Stille in der Leitung, nur alle zwanzig Sekunden der Piepton des Sicherungs-Checks.

»David, der Computer ist auf etwas anderes gestoßen. Es kommt gerade auf den Schirm.

Offenbar hat sich Ihr junger Mann vor einigen Jahren, damals noch ein Teenager, bei einem Urlaub in der Türkei in Schwierigkeiten befunden. Hat mit seiner Freundin und einigen falschen Leuten ein paar Joints geraucht, scheint es. Und dort eine höchst mißliche Woche im Gefängnis verbracht, bis sein Vater ihn aufspürte und nach der Überreichung großzügiger Bakschischsummen herausholte. Von der Freundin hat man nie wieder gehört. Es wurden diskrete Nachforschungen angestellt, die Behörden leugneten jede Kenntnis, der übliche Firlefanz.«

»Nicht unbedingt außergewöhnlich, die Geschichte, wenn ich mich recht erinnere.«

»Nein. Aber etwa ein Jahr später wurden drei Wärter des Gefängnisses gefunden, gehäutet und mit dem Kopf nach unten an Pfählen direkt vor den Toren. Hat ein bißchen Aufregung verursacht, selbst für damalige Zeiten.«

»Könnte es ein Zufall sein?«

»Es *könnte*, wie Sie nur zu gut wissen, alles mögliche sein. Eine Familienfehde, ein Machtkampf unter Militärs, Ausdünnung der Ozonschicht. Ich persönlich glaube allerdings nicht so sehr an Zufälle.«

»Er ist verrückt.«

»Vielleicht. Und ganz bestimmt bemerkenswert motiviert. Der junge Mann kam aus dem türkischen Gefängnis zurück und ging mit Hilfe der praktisch unbegrenzten Mittel seines Vaters wieder zur Schule, beseelt von Rache – auch wenn sein Hauptziel jetzt ein anderes war.

Über die folgenden Jahre können wir verfolgen, wie sich ein Strom von Söldnern, Kampftechniklehrern, Experten für Munition und Überwachung, Sporttrainern und Gentlemen aus unserer eigenen Branche, aktive wie pensionierte, zu und von verschiedenen Orten rund um die Welt bewegt; selbst ein oder zwei Terroristen waren darunter. Vorher wären wir nie in der Lage gewesen, ein

Muster darin zu erkennen, die Aktivitäten schienen zufallsgesteuert. Jedoch mit Michael als Angelpunkt, wenn man alles auf ihn zurückführt, taucht die Struktur auf.«

»Er hat sich zu einem von uns gemacht.«

»So sieht es aus.«

»Aber warum? Der ganze Aufwand geschah bestimmt nicht allein aus Rache.«

»Der Zwischenfall mit den Wärtern scheint tatsächlich mehr oder weniger beiläufig gewesen zu sein. Vielleicht Teil eines fortgeschrittenen Ausbildungsauftrags – wer weiß?«

Ich wußte es natürlich – falls das, was Michael mir gesagt hatte, zutraf.

»Nach diesem Zwischenfall«, fuhr Johnsson fort, »verlieren wir ständig die Fährte. Michael wird praktisch unsichtbar, taucht hier oder da auf, scheinbar zufällig, und taucht dann schnell wieder ab. Man hat ihn in Santiago gesehen, es gibt Hinweise auf eine längere Mission in Rio, eine mögliche Statistenrolle in Puerto Rico.«

»Wie paßt Planchat in das alles hinein? Vorausgesetzt, er paßt überhaupt hinein.«

»Nur zwei Rollen sind möglich, David.«

»Jäger oder Gejagter, meinen Sie.«

»Genau.«

»Es könnte eine dritte geben.«

Er wartete. Zweimal hörte ich den Piepton des Checks.

»Mentor«, sagte ich. »Er könnte einer von Michaels Lehrern gewesen sein.«

Drei, vier, fünf Pieptöne gingen vorbei.

»Ja«, sagte Johnsson. »Unwahrscheinlich. Aber möglich.«

Drei weitere.

»Weitere Hinweise auf Planchats Anwesenheit hat es nicht gegeben. Gehörten wir zu der Sorte Menschen, die Mutmaßungen anstellen, würden wir mutmaßen, daß er aus dem Spiel ist.«

»Meinen Sie also, Michael habe ihn erledigt?«

»Natürlich gehören wir *nicht* zu dieser Sorte.«

»Oder daß es Michael war, die ganze Zeit schon?«

Daß es Michael war, den ich von Anfang an jagte – oder dem ich erlaubte, mich zu jagen –, ergab keinen Sinn. Aber das galt auch für vieles andere.

»Das ist eine Möglichkeit«, sagte Johnsson. »Eine, die in Betracht zu ziehen wir bisher keinen Grund hatten.«

»Was machen wir also?«

»Es gibt vielleicht nicht mehr viel, was wir im Moment tun *können*. Ihr Instinkt sagt Ihnen offenbar, daß Michael nicht erledigt werden sollte?«

»Zu diesem Zeitpunkt: ja. Vom *Gefühl* her bin ich überzeugt, daß Michael tatsächlich aus dem Spiel ist. Aber falls nicht, dann ist er so tief darin verwoben, daß von dem Spiel nichts mehr übrigbleibt, wenn wir ihn da herausbohren.«

»In diesem Fall ...«

»Ich mache weiter wie bisher.«

»Ja. Das ist mit größter Sicherheit das beste.«

Zwei Pieptöne. Drei.

»So viel Aktivitäten«, sagte Johnsson, »und so wenig erkennbarer Sinn. Jede Lampe im Ort ist eingeschaltet. Und dennoch vermögen wir nur so wenig zu sehen.«

Oder in seinem Fall (wie mir plötzlich einfiel) gar nichts.

»Noch eines, David.«

»Ja?«

»Ihre Freundin. Gabrielle. Es scheint, daß alles in diesen Wirrwarr verstrickt wird. Vielleicht sollten Sie sich um ihre Sicherheit kümmern.«

24

Ich ging die Straße hinauf zu Norma's Café, trat ein und erinnerte mich an den Anfang von *Wenn der Postmann zweimal klingelt*. Bei Norma's schien das Essen eher eine gedankliche Beigabe zu sein. Statt Teller gab es meist Bierdosen. Die *Spécialité de la maison* war Bud Light.

Ich bestellte Kaffee und bekam etwas recht Ähnliches. Auf der Theke hielt eine Glasglocke einen halben Kuchen frisch, den unzählige Generationen Café-Besitzer, von Norma zu Norma, weitergereicht hatten. Hebt man die Glasglocke hoch, zerbröselt der Kuchen zu Staub.

Ich nippte an meinem Kaffee. Zwei ältere Männer spielten an einem wackeligen Tisch Dame. Während ich dort saß, machte keiner der beiden einen Zug. Aber alle ein oder zwei Minuten streckte sich von der einen oder der anderen Seite des Spielbretts eine Hand aus, verharrte über den Spielsteinen, zog sich wieder zurück.

Nach einiger Zeit kam der größere Teil der Cherokee-Nation herein und setzte sich neben mich.

Er war mindestens einsfünfundneunzig, wog, ohne Stiefel und Gürtelschnalle, die mindestens zwanzig Pfund beigesteuert hätte, gut drei Zentner. Er trug eine Baseballkappe und einen ausgebeulten Arbeitsanzug, an dem reichlich Federn hingen. Ich war mir ziemlich sicher, daß der Hocker ächzte, als er sich auf ihm niederließ.

Er lächelte mich an. Zwei Schluck Kaffee vergingen.

»Erinnerst du dich, wie es war, Mann? Sicher erinnerst du dich. Das merke ich. Wie sie da draußen am Feuer kauerten, während Ungeziefer über deinen Reis und das gekochte Gras krabbelte, und in der Ecke, wo du immer hinzukommen versucht hast, bevor du scheißen mußtest. Nichts auf ihren Gesichtern, Mann. Absolut nichts. Daran erinnere ich mich. Gesichter so glatt und ausdruckslos wie Steine im Bach. Und sie wippten da draußen am Feuer ein bißchen auf ihren Hacken. Sahen aus wie Vögel. Klangen sogar ein bißchen so. Und am Ende mußtest du aufgeben und den Schweinefraß mitsamt dem ganzen Ungeziefer essen.«

Er zuckte mit den Schultern. Flugzeuge über uns hatten vielleicht mit Turbulenzen zu kämpfen.

»Scheiß auf den Mist! Genau, was ich sage. Scheiß drauf! Hab' ich recht?«

Ich stimmte ihm zu.

»Scheiß Army«, sagte er und trank noch ein paar Bier, während ich einen Schluck Kaffee nahm.

»Wir sind auch Asiaten, Mann – hast du das gewußt? Sind hierhin *gelaufen*, das sind wir. Damals war alles noch verbunden. Und wir hätten überall hin laufen können, weißt du das? Aber wir sind *hier* gelandet, das war unser Land. Dann habt ihr Eu-ro-päer von den Büffeln gehört und seid hier rüber gekommen, weil ihr gedacht habt, ihr könnt jeden Tag billige Steaks zum Essen haben, und habt alles versaut. So wie ihr Nam versaut habt.«

Alles in dem Café war ganz still geworden. Ich konnte die Flamme unter dem Grill prasseln hören.

»Du hörst mir nicht zu, Mann. Und ich dachte, du weißt, wovon ich hier *rede*. Dachte, es bedeutet dir vielleicht sogar was. Hätte ja sein können. Aber scheiß drauf: Du bist wie die anderen.«

Er trank noch ein Bier, um sich auf das vorzubereiten, was getan werden mußte. Dann drehte er sich, um es zu tun – aber ich war dort nicht. Also drehte er sich weiter dorthin, wo ich hinter ihm stand. Immer noch auf dem Hocker, feuerte er eine schwankende Rechte ab, die, nach meiner Bewegung Zentimeter entfernt, Luft gegen mein Trommelfell preßte und meine Ohren klingeln ließ.

Ich drehte mich in einem langsamen Kreis um den Fausthieb herum, kam zurück, als er gerade den äußersten Punkt erreichte und verstärkte seine Schwungkraft durch meine eigene. Er setzte seine Bewegung fort, entfernte sich von mir mit einem Purzelbaum, klappte auseinander und rutschte flach auf dem Rücken einen guten Meter weit über den Boden. Er wäre noch weiter gerutscht, aber die Tische im Café waren festgeschraubt, und der zweite stoppte ihn.

»Also *gut*!« sagte er, und eine allgemeine Flucht zur entfernten Wand setzte ein, als er aufstand.

Es dauerte länger, als es dauern sollte. Schließlich gelang es mir, ihn zu Boden zu bringen, ohne mich selbst zu verletzen und, was wichtiger war, ohne meinen Gegner töten oder ernsthaft verstümmeln zu müssen, aber es war nicht einfach. Und es nahm einige Zeit in Anspruch.

Nach dem zweiten Sturz rappelte er sich wieder hoch und ließ brutale Kraft – alles, was er in seinem Zivilleben jemals gebraucht hatte – dort unten am Boden.

Er war gut und gründlich ausgebildet worden und hatte diese Ausbildung auf eine offenkundig bereits vorhandene starke natürliche Begabung gepfropft. Als ich ihn jetzt beobachtete und einen Hinweis darauf suchte, was er wahrscheinlich tun würde, war er entweder gewichtslos und gleitend, oder er war massiver Stein. Nichts dazwischen. Und dann fand er seinen Biß wieder. Ich sah den Unterschied hinter seinen Augen, in der Art, wie er sich bewegte. Als wären Haie ins Goldfischbecken geschwommen.

Ich fintierte, kam ihm nahe genug, um ihn in Bewegung zu versetzen, zog mich dann aus seiner Reichweite zurück.

Wie viele Boxer, die von den Streitkräften trainiert werden, war er ein absoluter Haudrauf: ganz Offensive und Attacke, jede Bewegung auf Hochtouren, bis das Metall kreischte, jeder Schlag wie eine Bombe losgelassen.

Also wich ich zurück, brachte ihn dazu, mich zu verfolgen. Kam nahe genug, daß er zuschlagen konnte, und wich aus, als er es tat, ließ mehr Wirkung erkennen, als er tatsächlich erzielte. Ich taumelte sogar ein- oder zweimal. Und als er dann das letzte Mal angriff, tief, um mich endgültig zu Boden zu schicken, wirbelte ich um ihn herum, stieß mich mit beiden Beinen von der Wand ab, addierte mein Gewicht und meine Schwungkraft zu seiner und schickte ihn kopfüber gegen die Theke aus rostfreiem Stahl.

Der Kellner stellte eine neue Tasse Kaffee vor mich hin.

»Passiert das häufig?« fragte ich ihn.

»Nie öfter als zweimal am Tag. Außer samstags natürlich. Der Indianer ist total beknackt.«

»Nam war scheußlich.«

»Wahrscheinlich. Aber Lee war schon total beknackt, *bevor* er rüberging.«

»Gibt es jemanden, den wir anrufen sollen, damit er sich um ihn kümmert? Eine Ehefrau vielleicht?«

»Lee hat eine Frau umgebracht und wenigstens zwei andere sitzenlassen. Aber ich erwarte, daß bald jemand vorbeikommt.«

Er nickte in Richtung meiner Tasse.

»Sie beeilen sich besser mit dem Kaffee«, sagte er.

25

Breites, schweres Hinterteil und ein schmales, spitzes Gesicht, erinnerte mich J.B. Pickett an ein aufrecht stehendes Nagetier. Er ging gebeugt, den Kopf nach unten und vorn, und seine Hände bewegten sich ständig. Seine Haut hatte die Farbe von Mehlsäcken, sein Haar war braun und stumpf. Er sei, sagte er mir, in der Gegend »das Gesetz«. Und er war der Halbbruder des Indianers.

»Sie verstehen zu kämpfen, das ist schon mal sicher. Schon lange her, daß jemand Lee flachgelegt hat.« Er goß für uns beide Kaffee ein, in Keramikbecher, und reichte mir einen. Auf seinem stand *Roy*. Auf meinem *Dale*. »Schätze, der letzte war ich.«

Wir saßen an seinem provisorischen Schreibtisch, einer alten Kiefernholzplatte mit marmorglatt polierten Rillen und Furchen und getränkt mit dem Öl und den Polituren eines halben Jahrhunderts. Heutzutage hat man Spanplatten. Heiße Luft ergoß sich durch ein offenes Fenster. Mit ihr ein endloser Strom unglückseliger Insekten.

Das Gesetz blies über seine Tasse und betrachtete blinzelnd den zurückweichenden Dampf. Jeder Zoll Höflichkeit, Professionalismus und Anstand, aber ich konnte mich des Gefühls nicht erwehren, daß er sich an einem langweiligen Tag zum Unterricht bei den Arthur Murray Studios einschreiben könnte, um die Chance zu haben, Leuten auf die Zehen zu treten.

»Bloß auf der Durchreise, vermute ich.«

Ich nickte.

»Mit einem speziellen Ziel?«

Er zog die Worte zu einem einzigen zusammen.

»Nicht unbedingt. New Orleans, möglicherweise.«

Ich hatte es selbst nicht gewußt, bevor ich es aussprach, erkannte aber, daß es zutraf.

»Aber Sie *kommen* irgendwoher, oder?«

»Letzter Halt war Boston.«

»Boston. Da oben war ich mal.«

Er zog unter dem Schreibtisch eine Styroporkühlbox hervor, schob den Deckel beiseite und zog einen Getränkekarton mit Half'n'Half heraus. Streckte ihn mir entgegen und schüttete, als ich den Kopf schüttelte, etwas in seinen Kaffee.

»Haben Sie einen Wagen, Mr. Edwards?«

Er stellte den Karton in die Kühlbox, die Kühlbox unter den Schreibtisch.

»Ich trampe schon seit einigen Tagen. Ich hatte aber gehofft, hier in der Gegend ein neues Fahrzeug zu finden. Etwas Preiswertes und mehr oder weniger Zuverlässiges. Falls es so etwas gibt.«

»Ich nehme an, Sie könnten was finden, wenn Sie sich umschauen. Haben Sie einen Job, Mr. Edwards?«

»Freiberufler.«

»Können Sie das beweisen?«

»Muß ich das?«

»Könnte sein.« Er beugte sich vor, die Federn seines Stuhls ächzten.

»Ich sage Ihnen, was mir so in den Sinn kam. Möchten Sie noch Kaffee?«

Ich streckte die Tasse aus, um ihm zu zeigen, daß sie noch wohlgefüllt war.

»Zuerst kam mir in den Sinn, daß Sie nicht wie der Durchschnittstramper aussehen, wenn Sie wissen, was ich meine. Und daß Sie ein bißchen zuviel davon wußten, was Sie mit Lee da drinnen angestellt haben. Mir kam in den Sinn, Sie könnten jemand sein, der von jemandem gesucht wird, und falls das so wäre, sollte ich darüber Bescheid wissen. Können Sie meinen Gedanken folgen?«

Ich nickte. Ich folgte ihnen nur zu gut.

Er lehnte sich in seinem Stuhl zurück, die Federung seufzte erleichtert.

»Ich konnte drei gute Abdrücke von der Kaffeetasse nehmen, die Sie bei Norma's hatten. Ein Freund von mir, der in der Hauptstadt arbeitet, hat die Abdrücke für mich überprüft. Haben Sie eine Ahnung, was er vielleicht rausgekriegt hat?«

Ich trank von dem Kaffee. Wartete.

»Nun, sein Computer hat die Abdrücke und die Personalangaben prompt ausgespuckt, kein Problem: *David Edwards*. Zusammen mit weiteren Daten, die der Computer aus verschiedenen Verknüpfungen des Systems holte. Aber mein Freund war nicht zufrieden mit dem, was er bekam. Meinte, es wäre zu leicht, zu schnell und sauber; daß er mehr bekam, als er angefragt hatte. Das machte ihn mißtrauisch. Und je mehr er darüber nachdachte, desto mehr machte es ihm zu schaffen. Also hat *er* um eine Gefälligkeit gebeten – diese Burschen kennen sich alle untereinander, schätze ich – und sich huckepack in ein System eingeschlichen, das mit ein paar ziemlich rätselhaften und exklusiven Datenbanken in Verbindung steht. Klassifiziert, hat mein Freund es genannt. Abgeschirmt.«

Ohne zu fragen, stand er auf und goß mir Kaffee nach. Dann füllte er seinen Becher nach und stellte die Glaskanne neben sich auf den Schreibtisch. Sein Stuhl keuchte pfeifend wie ein Akkordeon mit Kehlkopfentzündung, als er sich wieder setzte.

»Etwas Sonderbares ist dann passiert, Mr. Edwards. Welche Datenbanken mein Freund auch aufsuchte – Kreditkarten, Militär,

Steuer –, er bekam immer dasselbe. *Exakt* dasselbe. Meinte, das erinnere ihn an Nachrufe, die in Zeitungsredaktionen in der Schublade warten. Drei oder vier Absätze, wie in Zement gegossen, einzelne Fakten, die keine Vorstellung von dem wirklichen Leben hinter den Namen vermitteln, Orte, Daten. Und so etwas war ihm nie über den Weg gelaufen. Noch nie.«

Er hielt mir die Kanne entgegen und goß, als ich ablehnte, den Rest in seinen Becher.

»Mein Freund verfügt über eine eigenartige Neugier. Es geht ihm nicht um die Information an sich, verstehen Sie – im Grunde ist ihm das alles ziemlich gleichgültig –, sondern darum, wie er an sie herankommt. Er sagt, das ist das einzige, was er jemals gut gekonnt hat. Und so hat er sich hineingewühlt, blind wie ein Maulwurf, hat gegraben wie ein Mistkäfer und den *wirklichen* Untergrund der heutigen Welt aufgebuddelt.«

Er trank von seinem Kaffee, lächelte mich über den Schreibtisch an.

»Am Ende, sagt mir mein Freund, ist es ihm gelungen, ein paar Spalte zu finden, seinen Fuß in ein oder zwei Türen zu setzen. Aber dann, als wäre seine Anwesenheit irgendwie entdeckt worden, wurden die Türen zugeschlagen, alle im selben Moment. Und er hatte nur einen flüchtigen Blick erhascht, winzige Andeutungen, eine sich auflösende Form.«

Er schaute in seinen Becher, bewegte ihn in kleinen Kreisen.

»Wie alt sind Sie, Mr. Edwards? Ende dreißig? Vierzig?«

Ich wählte ein Alter auf gut Glück. »Neununddreißig.«

»Aber bis vor neun Jahren ist Ihr Leben ein Glückskeks.«

Ich neigte den Kopf ein wenig, bat ihn, fortzufahren, erbat durch mein Schweigen weitere Informationen.

»Ich nehme nicht an, daß es eine Telefonnummer gibt, die ich anrufen soll, oder sonst etwas in dieser Richtung?«

Ich schüttelte den Kopf.

»Tja«, sagte er, »eine Zwickmühle.«

Er blickte zum Fenster. Eine Wespe flog herein, kreiste rasch durch den Raum und floh wieder nach draußen.

»Offenbar werden Sie mir keine weiteren Informationen geben. Andererseits bin ich durch meinen Beruf und wegen meiner Fürsorge für diese Gemeinde gehalten, auf Antworten zu bestehen, die ich nicht haben kann.«

Er beugte sich zu mir vor, die Arme flach auf dem Tisch.

»Mr. Edwards. Sind Sie willens oder in der Lage, mir zu verraten, was Sie hier tun?«

»Ich habe mir in keiner Weise etwas zuschulden kommen lassen, Sheriff, und ich habe auch keinen Grund, es zu tun. Ich bin bloß auf der Durchreise. Mehr gibt es dazu nicht zu sagen.«

»Und wenn ich Sie jetzt gehen lasse, setzen Sie dann Ihre Reise fort?«

Ich nickte.

»Ihre Anwesenheit hier hat nichts mit Lee Raincrow zu tun?«

»Nichts.«

Er sah mir ins Gesicht. Informationen jenseits von Worten, kleine Gezeiten des Erkennens, wurden zwischen uns ausgetauscht.

»Bestellen Sie sich etwas zu trinken«, sagte er und stand auf. »Sie brauchen einen Wagen, sagten Sie?«

Ich nickte.

Er nickte zurück. »Schätze, ich weiß, wo Sie einen finden können.«

26

In einer Ortschaft namens Crosstown, vor dem Acrylbild einer zerschmelzenden, chromatischen Stadt, wurde ich zu einem anderen.

Das war früher schon mal geschehen – einmal war es die Auszeit bei meinem Möchtegernmörder in Memphis. Ich befand mich in Gefahr, die Nervenenden sirrten, und plötzlich *änderte* sich dort draußen alles, die Welt schimmerte, schwand einen Moment, kam umgestaltet zurück. Aber es war noch nie geschehen, wenn ich mich nicht eindeutig in direkter Gefahr befunden hatte. Und noch nie mit derartiger Intensität.

Fünfzig Meilen oder mehr hatte ich Schilder gelesen, GROSSE KUNSTAUSSTELLUNG DES SÜDWESTENS, während ich in meinem VW-Käfer, der die Farbe dauerhafter Quetschungen hatte (jemand hatte versucht, ein dunkelblaues Auto rotbraun zu lackieren, mit kläglichem Ergebnis), die Straße entlangschaukelte, und als ich dann schließlich nach Cross kam, die Stadt, auf die diese Schilder hinwiesen, Heimstatt einer Kunstakademie, dachte ich, wieso nicht? und fuhr auf den Parkplatz des Rodeway Inn, das mit roten, blauen und goldenen Kunststoffahnen geschmückt war.

Alle Einwohner von Cross waren bereits da. Die meisten schienen Bier trinkend um den Parkplatz herumzuschlendern. Der Rest ballte sich an Tischen, die im Coffee-Shop eilig aufgebaut worden waren. Eine Highschool-Klasse und ich hatten ziemlich viel Platz im Tanzsaal, wo die Kunstwerke ausgestellt waren.

Im großen und ganzen war es genau das, was ich erwartet hatte: Landschaften, einige Stilleben, primitive Porträts und rustikale Collagen, ein paar Stücke von der Kunstakademie. Viele Blumen, Bäume und Tiere. Doch die durchschnittliche Qualität der Technik war hoch. Anscheinend steigt das Niveau jedes Jahr ein bißchen. Und die Quantität der Werke war wirklich erstaunlich. War denn jeder zu irgendeiner Art von Künstler geworden?

Das Auto stammte übrigens von Lee Raincrow. Lee hatte vor einiger Zeit seinen Führerschein verloren, diesmal auf Dauer, und würde (so wurde mir versichert) für den VW keinen Bedarf mehr haben. Ich gab Pickett sechshundert Dollar dafür und rechnete mir aus, daß ich, wenn ich eine Meile pro Dollar herausholte, immer noch einen Vorsprung haben würde.

Ich machte eine rasche Runde durch den Tanzsaal, kam einen Moment zu dem Acrylbild zurück, schickte mich gerade an, den Saal zu verlassen, als es geschah.

Ich habe keine Ahnung, wie lange es dauerte. Aber ich weiß, es mußte einige Zeit vergangen sein, als mein Bewußtsein allmählich zurückgefiltert wurde: trübe Wolken, mit weißem Licht durchsetzt, helle Streifen, helle Segmente.

Das Bild befand sich nicht mehr vor mir. Ich starrte durch ein vom Regen gepeitschtes Fenster nach unten auf die Straße. Jemand stand hinter mir, berührte mich fast.

»Du bist mir heute nacht fern«, sagte sie, und ich drehte mich um, um sie anzusehen. Kurzes Haar, jungenhaft geschnitten. Purpurroter Lippenstift und ein T-Shirt, das bis zur Mitte der Schenkel reichte. »In einem anderen Königreich?«

»Das habe ich nicht vor«, sagte sie, als sie sich in die Umarmung begab, die auf sie wartete und ihr wie angegossen paßte. Die Wärme ihrer Haut glitt über meine eigene.

Die Verbindung hörte dort nicht auf, eine ganze Weile nicht.

Langsam gelangte ich an die Oberfläche, Teil ihrer Paarung und zugleich abgeschieden von ihr, Beobachter, Eindringling, und als es schließlich vorüber war, ihre Körper sich *dort* auf dem Bett wortlos voneinander lösten, das Bild vor mir wieder *hier*, muß ich das gleiche Gefühl von Verlust und ruhiger Traurigkeit gehabt haben wie sie. Es erhob sich wie eine Welle unter mir, brachte Gedanken an Gabrielle mit sich, Gedanken über meine jüngste und meine fernere Vergangenheit, über die Einsamkeit, die uns alle einschließt.

Bruchstückhafte Impressionen, Erinnerungsfetzen und Gedankensplitter anderer Menschen hafteten immer noch an mir: das, was an meine Gestade gespült worden war.

27

Ich verließ den Parkplatz des Rodeway Inn, verließ Cross, und eine Biographie nahm Gestalt an, wie Bilder, die im Entwicklungsbad schwimmen, anfangs geisterhaft, dann allmählich, fast unmerklich, substantieller werden.

Die Biographie, die Erinnerungen, waren bis dahin *nur* Bilder; Bilder, die nicht von Worten oder Erkennen begleitet wurden, Bilder ohne Bezug. Als wäre man in einem Land, dessen Sprache man nicht kennt. Oder als befände man sich im Traum eines anderen.

»Ich« stammt vom Land. Eine flüchtige Impression von jadegrünen Hügeln und tiefblauem Himmel, dem Geruch von feuchtem Heu, Dung, Kompost, Blütenstaub, Fäulnis. Nächte, durchdrungen von den Geräuschen der Heuschrecken und Grillen.

Dann das plötzliche Erscheinen von Großstädten, unbewegte Fotos machten dem Kino Platz, alles wurde schneller, wirbelte vorbei, jagte davon. Eine Prozession von Frauen, Universitätsjahre, hervorragendes Essen und Wein in abgelegenen *recherchés* Restaurants, hohläugige Männer, die aus dunklen Eingängen und unter Brücken hervorspähten.

Und unter allem eine schreckliche Unterströmung der Verzweiflung, eine Leere, deren Rand »ich« mich oft näherte, auch wenn »ich« nie ganz hineinblickte.

Mit jeder Frau, jedem lichten Augenblick verband sich ein merkwürdiges Gefühl von Räumlichkeit. Meistens Hotelzimmer, gelegentlich eine *Pension*, ein Park oder ein öffentlicher Platz. Einmal ein Kloster mit steinernen, vom Kondenswasser feuchten Kreuzgängen.

Folglich: »Ich« reiste häufig. »Ich« mochte Frauen, Musik und einfaches, frisch zubereitetes Essen. »Ich« bevorzugte Kaffee, der so schwarz und dickflüssig war, daß Balzac ihn hätte zurückgehen lassen. »Ich« schwamm, wann immer es möglich war, in eisigem Wasser. »Ich« war ein Mann von Disziplin und anspruchsvollen, wenn auch persönlich geprägten Grundsätzen.

Und »ich« kreiste wie ein Habicht auf *meinem* erratischen Flug nach Süden, auf dieser närrischen Fahrt, diesem mühseligen, ungezügelten Marsch vom Meer zum dunklen Meer.

28

Es verstieß natürlich gegen alle Regeln. Aber in gewisser Weise ist die Agency darauf angelegt.

Beim Flugtraining, in Gefechtssituationen, wenn man momentan verwirrt ist und nicht in der Lage, in Sekundenbruchteilen Entscheidungen zu treffen, bekommt man immer wieder eingebleut, daß man *etwas tut*, irgend etwas, eine Folge von Ereignissen in Gang setzt. Das definiert uns ziemlich gut. Wir sind die Agency, die *etwas tut*.

Ich erinnere mich an eine Zeit in den Sechzigern, als irgendeine Regierungsbehörde Johnsson informierte, daß er ab sofort ohne die ausdrückliche Genehmigung jener Behörde keinen von uns nach Mittel- oder Südamerika schicken könne. Umgehend postierte Johnsson jenen Mann der Agency in Panama. Wir verbrachten drei angenehme Urlaubswochen dort und füllten die Hotels von Panama City, während sie zu Hause daran gingen, Fäden, Schuldzuweisungen, Karrieren, Füße und Zungen zu entwirren.

Das Telefon klingelte, als ich Gepäck und Büchertasche aufs Bett von Kabine sechs des Cambridge Arms in Piltdown, Alabama, warf. Ich nahm den Hörer ab, hörte einen Moment zu, ging wieder hinaus, vorbei am Büro des Motels, die Straße entlang bis zu einer Telefonzelle.

»Ja?«

»Hier ist das Kaninchen, das Alice zurückruft.«

Keiner sprach, während die Computer die Leitung prüften.

»Ich fürchte, Alice ist gerade nicht im Haus.«

Ich wartete fünf Minuten und rief erneut an. Jeder, der sich jetzt in die Leitung einklinkte, würde zu einem Gespräch vom Tonband umgeleitet.

»In der Bibel in Ihrem Zimmer, zweite Schublade des Nachttischs«, sagte Johnsson ohne Einleitung, »Wenn Sie zurückgehen, wird dort ein ... Dokument sein, das ich gegen alle Vorschriften und jede Vernunft an Sie habe übermitteln lassen – nur, möchte ich hinzufügen, wegen der Umstände, unter denen es hier eingetroffen ist; Umstände, die darauf hinweisen, daß das Dokument eine gewisse Dringlichkeit hat, sowohl für den Absender als auch, wie ich annehme, für den Empfänger.«

»Ja, Sir.«

»Ich sage Ihnen außerdem, daß das Dokument wirklich blind ist. Daß wir nicht in der Lage waren, seine Herkunft und seine

Route zu entdecken, und daher annehmen, daß auch sonst niemand dazu in der Lage wäre.«

Ich wartete. Es gab noch mehr, sonst hätte er aufgelegt. Ich lauschte dem Knistern in den Drähten, winzigen elektronischen Feuern, die aufflammten und dahinschwanden.

»Oft wissen die, die uns nahestehen, mehr über uns, als wir glauben, David. Mehr, als wir wünschen. Das ist, nehme ich an, auf seine unaufgeregte Art eine Gefahr. Aber es kann auch ein Trost sein.«

Diesmal unterbrach er die Verbindung. Ich hörte einen Bruchteil des Gesprächs vom Band, bevor auch diese Leitung abgeschaltet wurde. Irgend etwas über die Berge und die Baumgrenze.

In der Schublade fand ich, neben einem seit Jahren überholten Telefonbuch und einem vergilbten Hotelverzeichnis, auf dem unerklärlicherweise das Wappen des alten Fontainebleau in New Orleans prangte, die Bibel. Gideon checked out and left it no doubt.

Und zwischen Altem und Neuem Testament fand ich einen blauen unbeschriebenen Umschlag.

Der Brief begann – genau wie Johnsson vorher – ohne Einleitung.

Alles, was ich normalerweise sagen könnte, überlasse ich dem Schweigen zwischen uns; aber es gibt Dinge, die selbst das Schweigen nicht erträgt.

Du bist ein ganz und gar ungewöhnlicher Mann, Dave. Behutsam und stark, prinzipientreu und flexibel – in vielerlei Hinsicht der vollständigste Mensch, dem ich je begegnet bin. Und ich weiß sicher, daß Du Dich mir hingegeben hast wie noch nie einem anderen Menschen. Aber es ist auch immer etwas anderes dagewesen, ein verschlossener Raum in Deinem Innern, ein Speicher, in dem

Du vor langer Zeit Deine Sachen, was immer es auch war, weggeschlossen hast, und den Du nie wieder betreten hast.

Oft lag ich nachts neben Dir, vor allem in unserer ersten Zeit, und spürte den Schmerz, den zu fühlen Du Dir nicht gestattet hast. Mit der Zeit ließ das nach, so wie alles nachläßt, aber es ist ein Teil von mir geworden, so wie es ein Teil von Dir ist.

Es spielt keine Rolle, wie ich entdeckt habe, wie wenig ich wirklich über Deine Vergangenheit weiß. Dieses Wissen habe ich nicht gesucht, aber es kam ungebeten zu mir. Vielleicht wird das einmal wichtig, falls wir uns wiedersehen, falls Du von diesem unsicheren, unwirklichen Ort, den wir Zukunft nennen, zu mir zurückkehrst (und ich darf die Augen nicht vor der sehr realen Möglichkeit verschließen, daß Du nicht zurückkommst), aber jetzt ist es unwichtig.

Wichtig ist, daß Du verstehst, was ich für Dich empfinde, wie ich mein Leben und Deinen Platz darin sehe. Über solche Dinge haben wir nie viel geredet, brauchten es nicht. Vielleicht brauchen wir es jetzt. Ich jedenfalls brauche es.

Es ist eine warme, sonderbar undunkle Nacht, und ich sitze draußen auf einer alten Holzveranda, Wind fährt mir durchs Haar (ich habe es vor ein paar Tagen geschnitten), und ich erinnere mich an Dein Gesicht an jenem ersten Tag im Museum. Manchmal glaube ich, die Vergangenheit hat nur einen Zweck: unsere Herzen zu brechen. Die Erinnerung macht mich so glücklich, David – und gleichzeitig so traurig. Dein Gesicht, der Himmel, hinter den Fenstern so blau, und die Tänzer von Matisse, sich im Kreise drehend. Damals fügte sich alles ineinander.

Es wird schwierig sein, den Glauben daran aufrechtzuerhalten, daß die Welt sich wieder zurechtfügt, daß irgendwo eine Straße ist, die zu dem kleinen Ort, zu der Lichtung zurückführt, die wir eine Weile miteinander geteilt haben.

Ich habe Pavese gelesen, o ja. In diesen Gedichten liegt so viel Gefühl, solch eine schreckliche, unversöhnliche Traurigkeit – und so viel Leben. Reale Menschen durchwandern sie überall, tragen die, die sie lieben, von Ort zu Ort.

Ich glaube, Pavese liebte Frauen so, wie Du uns liebst. Ich sehe, daß seine Bilder vom Tod – immer Hand in Hand mit sinnlichen Details, dem Geruch satter Erde, dem Streicheln des Windes, der Regen bringt, der Wölbung einer weiblichen Hüfte vor dem Himmel – wie Deine Bilder in Deinen Werken sind. Und ich muß mich fragen, was genau Deine Botschaft war, als Du mir dieses Buch geschickt hast.

Ich werde hier sein, David, wenn Du dich entschließt, zurückzukehren – falls Du es kannst. Ich werde nicht warten, ich kann damit nicht fortfahren, aber ich werde hier sein.

Keine Unterschrift. Etwas in mir, etwas, das ich *war*, war plötzlich sehr schwer geworden, war zu einer schwarzen Sonne geworden, die alles in sich hineinsog: Materie, Energie, selbst Licht.

Liebste Gabrielle, ich frage mich, was meine Botschaft gewesen sein könnte.

Ich frage mich, wie man jemals lernt, die Botschaften, Zeichen, Signale, Bedeutungen, die ständig auf unsere Köpfe niedergehen, auf uns lasten, sich über uns auftürmen, zu entziffern und zu begreifen. Während wir weiter versuchen, diese fragilen Boote, unsere Leben, zu steuern, in Häfen, die wir nie gesehen haben, an die wir aber mit Inbrunst glauben, von denen wir glauben müssen, daß sie existieren.

Tief im Wasser, gedrückt von der Last der Erinnerungen, saß ich im Cambridge Arms, Piltdown, Alabama, blickte hinaus auf einen kleinen Konföderiertenfriedhof und, dahinter, das helle Band der Interstate.

29

Piltdown, eine exakte Nachbildung von Oxford, England, war Ende der Vierziger von einem Mann namens Neal Lafferty erschaffen worden, der den Ort von Anfang bis Ende ersann, creatio ex nihilo, ein Monument für den unbezwingbaren Willen eines Mannes, nun, unbezwingbar zu sein.

Man findet ihn bei den gleichen Menschen, die unter enormen, ständigen Mühen und Kosten Sumpfland auffüllten, das nie zur menschlichen Besiedlung gedacht war, und es New Orleans nannten.

Lafferty war zwei Generationen zuvor arm wie eine Kirchenmaus vom Schiff aus Irland gestiegen, und nach sechs Jahren schaffte er es vom Gehilfen beim Häuserbau für einen Dollar pro Tag dahin, daß er ebendiese Häuser von seinem Ersparten billig kaufte, als die wirtschaftliche Entwicklung der Region zurückging, und sie viel später teuer verkaufte. Als eine Basis der Air Force nach Piltdown kam, bekam Laffertys Baufirma den Vertrag für den Wohnungsbau und verdoppelte die Ausdehnung der Stadt nach Osten mit einem Labyrinth aus Dutzenden identischer kleiner Holzhäuser, die Reihe auf Reihe wie Karotten in einem Garten standen.

Die Basis blieb zwölf Jahre, bis der Frieden ihre Schließung zur Folge hatte. Die kleinen Häuschen blieben als Geisterstadt zurück. Viele von ihnen wurden geplündert, andere (Heimstatt für Wanderarbeiter, Vagabunden und nächtliche Teenagerpartys) niedergebrannt; sie alle verfielen. Schließlich zogen Neger ein, beanspruchten die Häuser mit dem Recht von Squattern, verstopften Löcher mit Teerpapier, Abfallholz und alten Blechschildern.

Lafferty wandte seine Aufmerksamkeit nach Westen, wo er maßstabsgerecht eine perfekte Nachbildung von Oxfords Zentrum baute, die durch städtische Verordnung einige Jahre später Piltdown wurde; das alte Rathaus, Läden, Postamt und Kirchen blieben am Rand des Geschehens zurück wie eine abgestreifte Haut, wie abgeworfene Schneckenhäuser.

Niemand wußte, warum Lafferty dieses gewaltige, kostenträchtige Projekt in Angriff genommen oder wieso er gerade Oxford als Modell gewählt hatte; er legte sich aufs Totenbett, ohne es preiszugeben (als der Bürgermeister der Stadt ihn in seiner letzten Stunde fragte), ein schmales Lächeln auf den Lippen. Eine lokale Legende besagte, aus lauter Haß gegen England habe Lafferty geplant, nach dem Aufbau die Fackel an die Stadt zu legen; er als ihr Schöpfer es aber nicht habe übers Herz bringen können, als er sie vollendet sah und ihre Schönheit wahrnahm.

Einiges davon wußte ich vom Hörensagen, da Piltdown eine Touristenattraktion war. Den Rest erfuhr ich aus Prospekten in meinem Motelzimmer und in ein oder zwei Plauderstunden am Nachmittag an der Bar des Motels.

Motelbars sind nachmittags um drei öde und trostlos, Wüsten für Seelen, die sich in Stein verwandeln, wo selbst das Licht nicht zu stimmen scheint. Diese Bar leerte sich nach einem späten Andrang aufs Mittagessen und einigen Nachzüglern, die in Personalunion Historiker waren, auf einen Schlag; zurück blieben nur ich, ein junger blonder Barmann im Muskelhemd, der in einer Art geistigem Kalifornien wohnte, und, an einem Tisch am vorderen Fenster aus

Kraqueléeglas, die dunkle Dame, für die Shakespeare seine Sonette schrieb.

Sie las eine Zeitung. Alle paar Minuten nahm sie einen Bissen von einem Sandwich, das in einem Korb auf dem Tisch lag, legte es zurück und blätterte die Zeitung um. Außerdem standen auf dem Tisch eine plastikisolierte Kaffeekanne und ein passender Becher.

Ich trank noch ein Bier und sah zu, wie sie mit Sandwich, Kaffee und Zeitung gleichzeitig fertig wurde. Dann hob sie den Kopf, schüttelte ihr Haar nach hinten und sah sich um. Unsere Augen begegneten sich. Sie lächelte.

Das Haar war so schwarz, daß es das Licht vom Fenster aufzusaugen schien und den Rest des Raumes in graue Schatten tauchte. Ihre Haut war ebenfalls dunkel – höchstwahrscheinlich kreolisches Blut –, ihre Augen waren aufregend blau. Sie trug einen weit geschnittenen weißen Leinenanzug, ein dunkelrosa Baumwollhemd und eine Krawatte in noch dunklerem Rosa.

Ich ging zu ihr und stellte mich vor. Sie hieß Jeanne – wie Baudelaires dunkle Dame. Wir begaben uns zu einem abgetrennten Tisch und bestellten bei Mr. California Bier und Weißwein.

»Wohnen Sie im Hotel?« fragte sie.

Ich bejahte und gab die Frage zurück.

»In gewisser Weise«, sagte sie mit einem knappen Stirnrunzeln. Über ihre Schulter beobachtete ich auf einem Neonschild einen Regenbogen aus kristallklarem Wodka, der in ständiger Wiederholung über dem Kopf eines russischen Fußsoldaten, der eine bemerkenswerte Ähnlichkeit mit Maurice Chevalier aufwies, in hellen Farben glitzerte. »Ich arbeite hier. Wie gesagt: in gewisser Weise.«

Sie sah mich, ein einzelnes großes Auge, durch die Linse ihres Weinglases an.

»Ich singe im Club. Ich bin auf Tournee: eine Woche hier, nächste Woche in einer anderen Bar, vielleicht in Jackson oder Memphis.«

»Gefällt's Ihnen?«

»Besser als Haareschneiden oder Gemüse einräumen«, sagte sie. »Ich liebe es. Wirklich. Aber die Nachmittage bringen einen um.«

»Das Leben mancher Menschen besteht *nur* aus Nachmittagen.«

Sie sah mich eine Zeitlang an, ohne etwas zu sagen. Der Wodkaregenbogen wölbte sich über dem Kopf des Russen, wieder und wieder, ein sichtbarer Herzschlag.

»Ich glaube, das wußte ich nicht«, sagte sie schließlich. »Aber Sie haben völlig recht.«

Sie griff über den Tisch und legte ihre Hand sekundenlang leicht an meine. Ihre Nägel waren kurz geschnitten, sie trug klaren Nagellack.

»Ich muß mich für die Happy-hour fertig machen. Kommen Sie mit?«

Ich zahlte, und wir gingen in das überfallartige Sonnenlicht hinaus, durch einen Gang, der vom Überhang des ersten Motelstockwerks gebildet wurde, dann auf die Rückseite, passierten Mülltonnen, die von vulkanischem Asphalt, dann von einem Eichenhain und Efeu abgelöst wurden.

In ihrem Zimmer wartete ich, während sie duschte. Das Fernsehen war bei niedriger Lautstärke eingeschaltet, ein altes Gerät, alles schwarz und silbern; sie sagte mir, sie ließe es die ganze Zeit laufen, um Gesellschaft zu haben. Ich hielt das Bier in der Hand, das sie mir aus der schrankgroßen Küche geholt hatte, und schaute mich um; neben dem Bett ein wackeliger Bücherstapel, vorwiegend Fantasy-Romane; in einer Ecke vor dem Bad abgestreifte Kleider auf dem Boden, ihr Gitarrenkasten, mit Isolierband geflickt. Alles erinnerte mich auf unbehagliche Weise an mein eigenes Leben, das nicht so sehr falsch geführt wurde, sondern vielmehr falsch geordnet war.

Kurz darauf kam sie aus dem Bad, das Haar noch naß, die Brustwarzen aufrecht. Sie streckte eine Hand aus, und ich gab ihr das Bier. Sie trank und gab es mir zurück.

»Haben Sie Zeit, mitzukommen? Es ist nur für zwei Stunden. Wir könnten zusammen essen, bevor ich um neun mit dem normalen Auftritt anfange. Wenn Sie Lust haben, heißt das.«

Als ich *ja, natürlich* sagte, war uns beiden klar, daß etwas viel Tieferes entschieden worden war. Wieder einmal Zeichen. Verborgene Bedeutungen, Botschaften. Sie beugte sich vor und küßte mich, ihre Brüste wippten. Eine trug eine Narbe, wie ein sich krümmender Wurm, von der Brustwarze bis zur Achselhöhle.

Sie ging zum Schrank, zog schwarze Jeans an, ein schwarzes Sweatshirt und ein gelblich-grünes Jeanshemd in Übergröße. Nahm ihren Gitarrenkasten.

»Ich nehme Bestellungen an«, sagte sie.

30

Mitten in der Nacht wurde ich wach und dachte an Gabrielle.

»Alles in Ordnung?« Jeanne neben mir setzte sich auf.

»Tut mir leid. Ein bißchen unruhig. Ich wollte dich nicht aufwecken.«

»Schon gut. Ich schlafe sowieso nicht viel.«

Sie holte zwei Bier aus der Küche und brachte sie mit ins Bett. In regelmäßigen Abständen strichen Lichter, einige matt, andere lebhaft, über die Rückseite des schweren Vorhangs, so als versuche eine andere Welt, in diese hier einzubrechen. Der Verkehr war ein fernes Grollen, wie das Meer.

Sie trank und rollte die kühle Flasche über die Seite ihrer Brust, dort, wo die Narbe war.

Das Zimmer wurde vom Fernsehschirm, der von uns weggedreht war, indirekt beleuchtet; das Flackern der Szenenwechsel zupfte an den Rändern unseres Blickfelds. Die Lautstärke war jetzt ganz ausgeschaltet.

»Bist du verheiratet?« fragte sie. »Oder warst du es?«

Ich schüttelte den Kopf, legte meine Hand auf ihre schmale Taille. Sie legte ihre Hand auf meine.

»Ich auch nicht. Ich bin einunddreißig, und es gibt so vieles, was ich noch nicht getan habe. Ich habe erst diese kleine vollgestopfte Ecke von der Welt gesehen. Ich habe mir nie Mühe gegeben, Dinge zu verstehen, die weit außerhalb meiner Reichweite zu sein schienen, oder in jeder belangvollen Weise ein besserer Mensch zu werden. Meist habe ich Wasser getreten, habe versucht, über Wasser zu bleiben. Ich habe nie jemanden geliebt, bin nie geliebt worden.«

»Du bist eine hervorragende Musikerin, Jeanne. In dem, was du tust, in jedem Akkord, jedem Lauf, in deiner Stimme, liegt ungeheuer viel Gefühl. Und auch in gewisser Weise Verstehen, auch wenn es eher intuitiv, instinktiv als rational ist.«

»Aber das kam immer automatisch, wie atmen. Oder mein Aussehen: Dafür mußte ich auch nicht viel tun. Ich bin attraktiv, ich kann passabel Gitarre spielen und singen. Arg dünn für eine Biographie, und nicht viel für eine Grabinschrift. Ein letztes Bier ist noch da. Teilen wir?«

»Diesmal gehe ich.«

Wir saßen schweigend auf dem Bett, reichten die Flasche hin und her, und nach einiger Zeit sagte sie: »Vor zwei Jahren hat man einen Tumor aus meiner Brust entfernt. Ich bin zur Untersuchung zum Arzt gegangen und lag noch am selben Nachmittag auf dem Operationstisch. Er war so groß wie eine Murmel, sagten sie, und gutartig. Ich brauche mir keine Sorgen zu machen. Sie hatten ihn rechtzeitig entdeckt.«

Nach einigen Sekunden fuhr sie fort.

»Ich glaube, manchmal wissen wir Dinge, die wir gar nicht wissen *können*, Dinge, die bei Licht besehen keinen Sinn ergeben. Und uns wird bewußt, wie absurd es ist, sie zu glauben. Aber trotzdem wissen wir es, wir *wissen* es einfach.«

Sie nahm meine Hand in die ihre und zog die blasse, schmale Narbe an ihrer Brust mit meinem Finger nach. Die Brustwarze wurde steif.

»Du bist der erste Mann, mit dem ich seitdem zusammen war. Ganz gleich, was sie mir gesagt haben, ich habe immer gewußt, daß der Krebs zurückkommt, wenn ich wieder einen Mann habe, wenn ich schließlich wieder mit einem Mann schlafe.«

Sie gab mir die fast leere Bierflasche.

»Ich weiß, wie lächerlich das klingt, wie verrückt dir das vorkommen muß. Und habe bitte keine Angst. Aber ich kann ihn schon spüren, wie eine langsam aufblühende Blume, dunkle Blütenblätter, die sich in mir öffnen.

Schläfst du noch einmal mit mir, David?«

31

Wir frühstückten zusammen und verabschiedeten uns. Jeanne mußte noch Einkäufe machen, sagte sie, und wollte am Nachmittag nach Gulfport zum dortigen Holiday Inn aufbrechen. Ich saß eine Zeitlang am Pool. Es war neun Uhr, wolkig und ein bißchen wie in einem dieser Science-fiction-Filme, in denen einige Überlebende sich an das Wrack klammern, ihre Tage in der vertrockneten Hülle der Zivilisation verbringen.

Vor dem Motel fuhr ein Greyhound vor, der von einem Reiseunternehmen gechartert war. Durch Lücken in dem verwitterten Holzzaun sah ich um die zwanzig Touristen aussteigen. Allesamt Asiaten, aber eine kuriose Mischung: Koreaner, Thais, ein kambodschanisches Paar, einzelne Vietnamesen, Festlandchinesen, sowohl westlich als auch traditionell gekleidet. Stumm warteten sie in einer Reihe, während der Fahrer ins Büro des Motels ging und wieder herauskam. Er ging an der Reihe entlang und verteilte Schlüssel.

Ich hielt Jeannes Phantasie (falls es tatsächlich eine Phantasie war) nicht für viel merkwürdiger als andere, die ich kennengelernt hatte. Wir alle erschaffen aus dem Stoff unseres Lebens solche Fiktionen, kleine Mythen, private Lügen, die uns durchzuhalten helfen, die uns helfen, menschlich zu bleiben, die uns sicher machen, unser winziges Fragment der Welt zu verstehen. Aber die meisten von uns teilen diese Mythen nicht mit Fremden. Die meisten von uns teilen sie überhaupt nicht. Und wir glauben sie, während wir doch gleichzeitig wissen, daß es Fiktionen *sind*.

Vielleicht reduziert sich meine Vision eines beschaulichen Lebens darauf, die Vision eines Lebens, das sich dem Versuch, zu verstehen, widmet, das Ausgewogenheit und Schönheit sucht. Eine private Lüge, ein Mythos, der nicht mehr von Bedeutung oder Nutzen ist. Schließlich war ich unstreitig hier. Und es war weder Ausgewogenheit noch Schönheit, wonach ich suchte. Das alte Spiel, wie Holmes sagte, ist wieder im Gange.

Ich selbst war sozusagen auch im Gange, ging durch die Straßen von Piltdown, in Bäckereien und Fleischerläden, zu Kurzwarenhändlern und Hutmachern, schaute ab und zu zum Horizont von Alabama und erwartete fast, dort am Rand der Stadt die Cottages mit den Strohdächern zu sehen.

Oder, vielleicht, Männer mit Sensen, dunkle Silhouetten vor der Sonne.

32

Schließlich fuhr ich durch Montgomery und Mobile, an Biloxi und Gulfport vorbei, am Lake Pontchartrain entlang nach New Orleans hinein, traf dort um drei Uhr morgens nach vielen Stunden und einer grauenhaften Mahlzeit ein, die kunterbunt nach Salz, ranzigem Öl und Mehl geschmeckt hatte, erstaunt, daß Lee Raincrows klappriger VW es so weit geschafft hatte.

Ich nahm die Abfahrt Orleans/Vieux Carré von der I-10, fuhr über die Ramparts zur Esplanade Avenue und parkte dort vor einem zweigeschossigen Herrenhaus im griechischen Renaissancestil, das in rund ein halbes Dutzend Wohnungen aufgeteilt und lindgrün gestrichen worden war. Zu Fuß ging ich ins Quarter und spazierte eine Zeitlang durch die engen Straßen, um mich zu entspannen. Bürgersteige, glattgerieben und konkav wie alte Steinstufen und mit unvermuteten Absenkungen oder Knicken zur Straße hin. Eckläden, vollgestopft mit allem möglichen, von Kopfschmerzmitteln über Miniflaschen Glenlivet bis zu Sandwichtheken, an denen es Poboys und Muffulettas gab. Balkone, von Farnen überwachsen. Schmiedeeiserne Gitter, Zäune und Tore, hinter denen man manchmal einen Blick auf kühle, geheime Innenhöfe erhaschte. New Orleans ist einer der wenigen Orte in den Staaten, die auch nach Jahren noch fast das gleiche Gefühl vermitteln – ganz gleich, welche Fassaden sie auf die jahrhundertealten Häuser klatschen oder wie sehr sie die Straßen mit T-Shirt- und Posterläden, Massagesalons, Fast-food-Bistros, auf Art Deco oder in Lavendelblau und Chrom getrimmt, vollstopfen.

Langsam spazierte ich zur Decatur und schlenderte am französischen Markt vorbei: beißende Gerüche von Gewürzen, der erdige Geruch von faulendem Obst und Gemüse. Nahm Kaffee und Beignets im Café du Monde. Saß am Fluß, sah den Schiffen und Lichtern zu und betrachtete das lange, gebogene Rückgrat der Brücke, die zur Westbank führt.

Wie sonderbar ist es doch, dachte ich, direkt von Piltdowns antikem Oxford in *diese* alte Stadt zu wechseln. So als ziehe man einen Mantel aus, wende ihn und ziehe ihn wieder an. Das gibt's nur in Amerika, wie es heißt.

Ich dachte an Aufträge, Missionen und sinnlose Botengänge.

Ich dachte intensiv über diese Dinge nach, und eine lange Zeit.

Dann ging ich zum Wagen zurück, fuhr in den Norden der Stadt zu dem Haus, das einst The Fontainebleau gewesen war und jetzt Fountain Bay hieß (und bei meinem nächsten Besuch zum Bayou Plaza mutiert sein würde), und nahm mir ein Zimmer.

Entlang der Tulane waren Motels, Restaurants und Bürogebäude mit Brettern vernagelt, verlassen. Ein Trödelladen war in den großen Lebensmittelmarkt gegenüber der Carrollton gezogen. In einigen ehemaligen Tankstellen, teilweise demoliert, wurden Gebrauchtwagen verkauft; sechs oder sieben Autos und ein Besitzer im Liegestuhl.

»Wie lange bleiben Sie?« fragte die Empfangsdame.

»Unbestimmt«, sagte ich zu ihr.

Ich bekam die Nummer zwölf in The Annex, einer Kette von hüttenähnlichen Zimmern rund um den Pool im Innern des ausgedehnten Motels. Es war wie in den alten Zeichentrickfilmen, in denen ein kleiner Mann à la Chaplin auf seinen Rechten besteht und in seinem bescheidenen Häuschen wohnen bleibt, während ringsherum schwankende Wolkenkratzer erblühen. Und es war, als ziehe man in ein anderes, ein unbewohntes Land. Niemand außer mir schien in The Annex eingecheckt zu haben, und nur der gelegentliche Blick durch einen Spalt auf ein Flugzeug gab mir die Sicherheit, daß eine Stadt, Zivilisation, andere Lebewesen, die mir mehr oder weniger glichen, existierten.

Ich schleppte Gepäck und Büchertasche aufs Zimmer, duschte, legte mich aufs Bett und testete Fernseher, Kabelprogramme und Fernbedienung.

Vier von den brauchbaren Kanälen zeigten Spielfilme (zwei Krimis, ein Horror-, ein Kampfsportfilm), zwei weitere waren Klassikern der amerikanischen Kultur wie »I Love Lucy«, »Mister Ed« und »My Favorite Martian« gewidmet, einer bestand nur aus Nachrichten und Informationssendungen, drei zeigten Soaps, und der Rest rangierte von Talkshows mit unmöglich ernstzunehmenden Moderatoren über britische Comedy-Programme und japanische Zeichentrickfilme bis hin zu Dokumentationen von der Eröffnung des Panamakanals, Gefängnisrodeos und der Harlem Renaissance.

Ich hob das Telefon ab, rief die Rezeption und bat darum, mit dem Zimmerservice verbunden zu werden. Nach anfänglichem Stammeln wurde ich in die Warteschleife geschickt und lauschte einer hübschen Version von (glaube ich) »Autumn Leaves«. Dann setzte die Musik abrupt aus, als wäre sie durch eine Falltür gekippt, und eine Stimme fragte, ob sie mir behilflich sein könne. Ich bejahte die Frage und sagte, ich hätte gern zwei Bier. Es folgte eine Pause, aber gnädigerweise keine Aufzugmusik mehr. Eine kurze Unterhaltung hinter den Kulissen beziehungsweise weg vom Mikro. Okay, zwei Bier, sagte die Stimme schließlich. Wohin? Zwölf, sagte ich ihm. Ich fügte nicht hinzu: The Annex. Inzwischen betrachtete ich die Sache als ein kühnes Experiment.

Immerhin erschien fünf Minuten später an meiner Tür ein Mann um die Fünfzig, Jeans und T-Shirt, mit zwei Flaschen Miller, einer Serviette und einem vorgekühlten Glas auf einem Tablett. Der Osterhase wäre keine größere Überraschung gewesen. Ich gab ihm großzügig Trinkgeld, goß mir ein, setzte mich, die Kissen im Rükken, wieder aufs Bett, ließ den Ton des Fernsehers ausgeschaltet und betrachtete von einem weit entfernten Ort die Bilder, die über den Bildschirm huschten.

Ich dachte an meine Jahre im Ausland zurück, wirklich eine Art Exil, als ich lange Zeiträume als Außenstehender auf die Staaten zurückblicken konnte, mein Wissen über das Geschehen im Land aus französisch- und spanischsprachigen Zeitungen bezog, aus lokalen (wo immer dieses »lokal« auch war) Radio- und Fernsehsendern, Gerüchten, Hörfunkübertragungen der Streitkräfte und der BBC. Damals hatte ich ein anderes Amerika gekannt. Vielleicht *war* es ein anderes Amerika.

Aufträge, Missionen und sinnlose Botengänge.

Überall in der Stadt waren die Lampen an, hatte Johnsson gesagt.

Kein Kalter Krieg mehr, kein Großer Böser Bär. Wenn die Gesellschaft für die Krieger, die sie geschaffen hat, keine Verwendung mehr hat, werden diese dann vielleicht als Bedrohung wahrgenommen? Gelangt die Gesellschaft zu der Überzeugung, daß sie sie zurückstoßen, sie isolieren muß? Daß sie einen Weg finden, sie gegeneinander in Marsch zu setzen?

Hatte ich noch immer andere im Nacken?

Seit dem Tod des jungen Mannes hatte ich keine Hinweise auf derart zielgerichtete Begleitung mehr gesehen. Johnsson schien zu glauben, es sei vorbei, meine Tanzkarte vollgeschrieben. Aber er hatte auch Besorgnis um Gabrielles Sicherheit geäußert.

1. Vielleicht war Michael der, der er zu sein behauptete, und es war tatsächlich vorbei.

2. Vielleicht war Planchat (wie Johnsson glaubte) tot und aus dem Spiel.

3. Vielleicht schnüffelten sich in diesem Moment ein, zwei oder zehn Söldner über den Lake Pontchartrain nach New Orleans hinein, mir dicht auf den Fersen.

4. Vielleicht waren sie nur damit beauftragt, mich zu beschatten, festzustellen, wohin ich – oder der, der mich verfolgte, oder andersherum, der, den ich verfolgte – sie führen würde.

5. Vielleicht waren sie, wie mein Schatten-Ich in Memphis, Attentäter in Wartestellung.

6. Vielleicht nichts davon.

7. Vielleicht alles davon.

33

Die Sprachschule der Agency war so unorthodox, so darauf aus, die Aufgaben mit allen erforderlichen Mitteln zu erledigen, wie die Agency selbst. Als ich sie absolviert hatte, bestand die Schule für mich noch viele Jahre in Fleisch und Blut und auf ewig im Geiste aus

Rima Palangian. Wie Cohen mit seinen Theorien über Kleidung war Rima, in einer für die damalige Ära üblichen Personenrochade, aus dem akademischen Milieu rekrutiert worden. Geboren als Kind eines polnischen Vaters und einer russischen Mutter, war sie früher die bestbezahlte Übersetzerin in Moskau. Anfang der siebziger Jahre war sie es leid, auf dem Drahtseil zu balancieren, und beantragte, im Urlaub nach einer Konferenz in Rom, die Einreise in die USA. Bedeutende amerikanische Universitäten reihten sich in die Bewerberschlange. Sie entschied sich für Princeton, und zwei Jahre danach entschied sich die Agency für sie.

Wie Chomsky – und sich über die übliche amerikanische Anlehnung an Sapir-Whorf hinwegsetzend – glaubte Rima, daß Sprache genetisch in uns kodiert ist. Und deshalb gab es keinen formalen Unterricht: kein Auswendiglernen von Vokabeln, keine Konjugierübungen, keine langatmigen Diagramme oder theoretische Beschreibungen der Grammatik. Statt dessen zeigte Rima Filme und Werbung in ausländischer Sprache, schaltete via Satellit europäische Sender ein, sprach zu uns in verschiedenen Sprachen, die sie oftmals mitten im Satz wechselte.

Und sie gab uns Gedichte.

Pavese, zum Beispiel, als wir Italienisch »studierten« (lebten). Rilke und Günter Grass im Deutschen. Mandelstam. Li Po. Neruda.

Aber zuallererst: Apollinaire.

Apollinaire, dessen Mutter Polin und dessen Vater unbekannt war, mochte sie besonders gern. Er hatte die französische Lyrik revolutioniert, sie an ihren Stiefelriemen in die moderne Ära gezerrt. Er war in den Krieg gezogen und mit einer Metallplatte im Kopf zurückgekommen. Trepanierung nannte man das: man öffnete ein Fenster im birnenförmigen Schädel des Dichters, um den Druck zu entfernen.

Rima rezitierte diese Gedichte immer wieder, bis ihr Klang, obwohl wir wenig oder gar keine Vorstellung von ihrer Bedeutung hatten, Teil von uns geworden war, sich mit unserem Herzschlag, unserem Atem verwob. Und zum Schluß erreichten wir urplötzlich einen Punkt, an dem wir wußten oder zumindest *empfanden*, um was es in diesen Gedichten ging: was in ihnen geschah, was sie uns zu sagen hatten. In einem Moment war das Gedicht da, ein Objekt, ein Klang, eine Kadenz außerhalb von uns; im nächsten war es in uns, ein Vorhang nach dem anderen wurde an den Fenstern der Straße aufgezogen. Eine ganz neue Welt.

Was mich angeht, werde ich ein Gedicht mit dem Titel »Cors de chasse« nie vergessen:

Notre histoire est noble et tragique

Passons passons puisque tout passe
Je me retournerai souvent

Rima hatte den Vormittag mit einer Diskussion über die aktuellen Entwicklungen in Europa, natürlich auf französisch, gestaltet und war dabei alle paar Minuten zu dem Gedicht zurückgekehrt, rezitierte es mehrere Male, ging wieder zurück zur politischen Lage. Bei der neunten oder zehnten Wiederholung, als ich merkte, daß ich jetzt wußte, was das Gedicht sagte – und daß ich jetzt ebenso dem *meisten*, was sie sagte, folgen konnte –, blickte ich auf. Es war ein erstaunlicher Moment, wie es wenige in meinem Leben gegeben hat.

Erinnerung ist ein Jagdhorn
Das mit dem Wind erstirbt

Rima beobachtete mich genau. Sie lächelte, nickte und fuhr in ihrem Unterricht fort.

La vie, pflegte sie zusagen und brach dabei Syntax und dem üblichen Sprachgebrauch das Rückgrat, *c'est toujours entre.* Leben ist immer *zwischen.* Leben ist das, was geschieht, während man darauf wartet, daß *andere* Dinge geschehen. Leben ist das, was an Orten entspringt, an denen zu suchen man nie erwogen hat. *Zwischen.*

Wie die Dinge, die wir, wie ich jetzt weiß, von den wenigen wahren Lehrern in unserem Leben lernen, wahrhaft lernen.

34

Ich schlief bis zum späten Nachmittag und wachte auf, an Gabrielle denkend, dann fiel mir, eher eine Anamnese, ein Entfalten, dann simples Erinnern, der Traum ein.

Auf der Suche nach einem weisen Mann, der dem Vernehmen nach hier lebte, bewegte ich mich immer tiefer hinein, durch enge, verzweigte Tunnel in eine Höhle. Der Eingang zur Höhle befand sich am Rand eines Golfplatzes, umsäumt von alten Eichen, deren Äste sich wie Spinnenbeine bis zu sechs Meter weit ausstreckten; einige hatten sich unter dem eigenen Gewicht bis auf den Boden gesenkt, als wollten sie dort erneut Wurzeln schlagen. Mir folgten vage Eindrücke einer Großstadtsilhouette, von grauen Steinhäusern, einem Glockenturm, der über Bäumen emporragte, als ich die Höhle betrat und das Licht hinter mir ließ.

Im Abstieg gelangte ich auch durch einzelne Geräuschschichten: Verkehrslärm von den Straßen am Park, das Schwirren und

Surren von Fahrrädern und Rollschuhen, der gedämpfte Schritt von Joggern, die Schreie der Enten und Gänse vom zentral gelegenen Teich.

Geordnete Schriftblöcke in einer unbekannten Sprache, wie eine Mischung aus Keilschrift und Handschrift, bedeckten die Wände eines Durchgangs. Berührte ich sie, färbten sie auf meine Hand ab wie Druckerschwärze oder Abziehtattoos.

Einmal, als ich eine Kammer betrat, sah ich den mutmaßlichen Bewohner der Höhle, den weisen Mann, der sich zu einem anderen Tunnel entfernte, um sich mir zu entziehen – doch es war nur eine Felsformation, ein Auswuchs von Salzen.

Ich konnte mein Blut in meinen Ohren rauschen hören, als bliesen heftige Winde durch die Höhle, als würden um mich herum überall Dinge gesagt, die ich nicht verstehen konnte.

Hinter einer Biegung traf ich auf eine Masse, die meinen Weg blockierte: ein Wurzelsystem, erkannte ich, das die Kammer fast füllte, hier unten seinem eigenen Leben folgte, ein Leben, das sich wenig um das Leben des Baums oben kümmerte. Dunkle, formlose Vögel hockten auf seinen Knöcheln und Knien.

Ich zwängte mich hindurch und schlängelte mich durch kristalline Zahnformationen, die von oben und unten wuchsen. Dann trat ich aus einer der vielen Kehlen der Höhle in einen anderen, offenen Raum, wo mich plötzlich Licht mit der Kraft eines physischen Schlages traf, und mit einer Umdrehung, halb blind, stand ich am Fuß einer der gewaltigen Eichen.

Ich blickte hinauf. Hoch oben am Stamm war ein kleines Messingschild angebracht, das, in Englisch und Latein, Gattung und Art des Baumes nannte. Das Schild war arg verwittert und matt geworden; ein Sonnenstrahl machte es noch undeutlicher, so daß ich es nicht mehr erkennen konnte. Ich wachte auf, als ich es immer noch versuchte.

Aber ich kannte die Schilder und die unerbittlichen Eichen, wußte, wo ich im Traum gewesen war.

New Orleans.

Audubon Park.

In Sheriff Picketts Büro hatte ich nicht gewußt, daß New Orleans mein Ziel war, bis ich es ausgesprochen hatte. Und auch dann wußte ich nicht, warum.

Jetzt versuchte der Traum sich durchzusetzen, mir etwas zu sagen.

All diese Biegungen und Verzweigungen, die Dunkelheit und Desorientierung, die Suche nach einem weisen Mann, *Informationen sammeln*, wie man sagt – all das war meine eigenwillige, blinde Fahrt von Washington nach Süden.

Und als ich das wußte, wußte ich plötzlich auch, daß Gabrielle der Grund dafür war, daß ich meinen Weg nach New Orleans, wenn auch umständlich und vorsichtig, gesucht und gefunden hatte. Es hatte wenig oder gar nichts mit Planchat und den anderen zu tun, die möglicherweise dort draußen waren. Gabrielle hatte Verwandte hier, jetzt fiel es mir ein. Irgendwie hatte Intuition mich geleitet. Irgendwie hatte ich gewußt, erspürt, vermutet, daß Gabrielle für das Ende dieser Angelegenheit wichtig würde, daß ich sie finden müßte.

Ich zog Jeans, T-Shirt und Stiefel an und überquerte die Tulane zu einer Telefonzelle vor dem Genghis Khan.

Johnsson war selbst am Apparat.

»Meldung, Sir.«

»Ah. David. Wir dachten, Sie hätten es vielleicht für angebracht gehalten, uns erneut zu verlassen.«

Als ich nichts sagte, fuhr er fort.

»An unserem Ende war es sonderbar ruhig.«

»Hier auch.«

»Obwohl alle Lampen, soweit wir es festzustellen in der Lage sind, eingeschaltet bleiben.« Er schwieg einen Moment. »Geht's Ihnen gut?«

»Ja.«

Wieder eine Pause. »Und Ihre Pläne?«

»Sie haben es, glaube ich, einmal ›kreatives Warten‹ genannt.«

»Ja, das habe ich gesagt, nicht? Zu einer anderen Zeit, die jetzt so weit entfernt scheint. Ist es möglich, daß die Welt wahrhaftig so sehr an uns vorbeigezogen ist, David? Daß alles, um das wir uns mit Leidenschaft sorgten, alles, an das wir so fest glaubten, heutzutage genauso folgenlos ist wie ein alter Pullover oder eine Briefmarkensammlung?«

»Ich habe den Verdacht, *alle* unsere Leidenschaften sind für diejenigen, die sie nicht teilen, bloße Briefmarkensammlungen.«

»Ja. Höchstwahrscheinlich haben Sie recht.« Er drehte sich vom Hörer weg, hustete. »Können wir also damit rechnen, daß Sie sich in regelmäßigen Abständen melden?«

»Ja, Sir.«

»Und wenn Sie etwas brauchen, lassen Sie es uns wissen. Lassen Sie es *mich* sofort wissen.«

»Das werde ich.«

»Ich wünschte, ich könnte mehr tun. Für diese neuen Spiele bin ich nicht geschaffen, David.«

»Keiner von uns ist das.«

»Also, passen Sie auf.«

Ich wollte gerade auflegen, als er sagte: »David.«

»Ja.«

»Noch etwas. Ich hatte nicht die Absicht, es Ihnen zu sagen, aber Sie werden es wissen wollen. Blaise wird vermißt.«

»Vermißt?«

»Zum letzten Mal wurde er bei einer Routine-Zimmerkontrolle vor zwei Nächten gesehen. Als der Pflegeassistent am nächsten Morgen alle wecken wollte, war er fort. In seinem Bett hat er allem Anschein nach nicht geschlafen. Seine Brieftasche, ein kleiner Koffer und ausgewählte Kleidungsstücke fehlen ebenfalls.«

»Wieviel Geld hätte er dort horten können?«

»Nicht viel, sagen die Ärzte. Aber das spielt auch keine Rolle. *Sie* hatten nie Probleme, Geld zu bekommen, wenn Sie es brauchten. Keiner von Ihnen.«

»Irgendwelche Hinweise, wo er sein könnte?«

»Offen gesagt, ich kann mir nicht vorstellen, daß Blaise irgendwohin geht außer zurück zu uns. Er hatte keine Familie, keine Freunde, keine speziellen Orte. Die Agency war sein Leben.«

»Kein Zeichen von Gewaltanwendung, nehme ich an.«

»Nichts. Es scheint, daß ein Auto, ein Plymouth Reliant, der der Nachtwache gehört, ebenfalls vermißt wird.«

»Er ist ausgebrochen.«

»Das ist unsere Annahme, ja. Obwohl wir natürlich eine Anzahl von Männern jedem möglichen Hinweis nachgehen lassen. Ich halte Sie natürlich auf dem laufenden.«

»Danke, Sir«, sagte ich und legte auf.

Ich überquerte wieder die Tulane, ging auf mein Zimmer, zog mich aus und duschte. Dann lag ich, noch naß, auf dem Bett, dachte über Blaise nach, über Gabrielle, über den Jungen, der dort draußen an der Zufahrtsstraße gestorben war – Adrian?

Ich kam zu dem Schluß, daß ich, in ungefähr dieser Reihenfolge, Essen, Menschen und Musik brauchte.

Ersteres bekommt man immer sehr leicht in New Orleans, wo selbst Rattenlöcher Restaurants sind und kleine Lebensmittelläden meist die besten Speisen anbieten, die man nur haben kann. Die beiden anderen Posten auf meiner Wunschliste fand ich in einer Cajunmusik-Bar in einem Bezirk, wo die Lagerhäuser stehen.

Eigentlich war es eher eine Tanzhalle: ein ausgedehnter langer Raum mit Picknicktischen an den Seiten, an einem Ende durchsackende Platten, die als Bühne ausgelegt waren, an der anderen eine Tür zur Küche, durch die man Getränke bestellen konnte. Aber auf dem Schild draußen stand BAR. Und mehr nicht.

Der Geiger sah aus wie etwas, das man aus Hartholz geschnitzt und jahrelang im schlechten Wetter draußen gelassen hatte; sein Haar war gewellt und hochgekämmt, wie man es von Fotos aus den vierziger Jahren kennt, aber immer noch pechschwarz. Der Akkordeonspieler war jünger, Anfang dreißig, mit langem Haar und einer roten Sportjacke, die Ärmel hochgeschoben, über einem Jazzfest-T-Shirt und schwarzen Jeans. Der Gitarrist machte auch den Frontman der Band und sang; er flocht fünf oder sechs Witze in seine Ansagen ein, die wahrscheinlich Hannibal schon seinen Truppen erzählt hat. Der Bassist bezupfte und beklopfte sein Instrument, als wäre er ganz weit weg und sehe sich das hier alles nur an.

Ich zwängte mich durch Rauchschwaden, eine Horde von Kindern und den Klang von »La Porte dans Arrière« ins BAR. Der größte Teil des Publikums stimmte bei der Refrainzeile jeder Strophe grölend ein.

Etwa ein Dutzend älterer Kinder saß an einem Tisch in der Ecke, einige von ihnen bei Karten- oder Computerspielen, ein

Junge las ein Buch von Dr. Seuss in Französisch. Frauen trugen auf Tellern und in Schüsseln Essen durch den Saal – *Boudin*, rote Bohnen, Jambalaya und Gumbo, gegrillten Catfish – oder brachten Becher mit dickem Zichorienkaffee und heißer Milch.

Ich nahm mir am Fenster zur Küche ein Bier, ein Abita, und setzte mich an einen der Tische. Cajunmusik brauchte ich jetzt am dringendsten. Bei jeder dritten oder vierten Nummer gab die Band eine Country-Einlage, meist Hank Williams, aber diese Lieder klangen ähnlich wie die übrigen, selbst die Texte waren bis zur Fremdartigkeit interpretiert und verknappt.

Ein Baby kroch unter meinem Tisch hinter einer Rassel her, die jedesmal weiterrollte, wenn es sie berührte. Ein junges Paar, das jeden Song mitgetanzt hatte, verließ die Tanzfläche und ging nach draußen – wahrscheinlich, um sich mit einem Schlauch abzuspritzen.

Mit einem langgezogenen Trillern des Akkordeons stürzte die Band sich in ein schmerzlich langsames »J'ai passé devant ta porte«.

Ich ging an deiner Tür vorbei und habe zum Abschied geweint. Niemand hat aufgemacht, mein Herz war mir so schwer. Als ich an die Tür klopfte, als sie mich einließen, sah ich die leuchtenden Kerzen um deinen Sarg herum.

Das ist alles: zwei Strophen. Und ein Walzer. Nur Cajuns machen Walzer aus einem solchen Stoff.

Als sie der Geige jeden nur möglichen Schluchzer entlockt, dem Akkordeon einen letzten quälenden Seufzer abgepreßt hatte, schaltete die Band ohne Vorwarnung in ein rasantes Instrumentalstück um, bevor sie Pause machte.

Einen weiteren Set von einer Stunde trank ich, hörte der Musik zu und sah den Tanzenden zu, dann verließ ich BAR, um Straßen zu betreten, die so feucht waren, daß die Laternen in dunstige Regenbogen gehüllt wurden und an jedem Fenster Kondenswasser herunterlief.

An der Julia stieg ich, immer noch erstaunt, daß das Ding überhaupt lief, in Lee Raincrows VW. Als ich aufschaute, glaubte ich, jemanden gesehen zu haben, der sich in die Dunkelheit eines Torgangs zurückzog.

Als ich, einen halben Block vom Fountain Bay entfernt, an der Tulane parkte, sah ich flüchtig ein Gesicht, das aus einem vorbeifahrenden Wagen schaute und sich rasch abwandte.

35

Im Traum, in etwa eine Neuauflage der letzten Nacht (wenn auch umgestaltet, übertragen, umgewandelt), war alles Veränderung. Bäume wurden riesige dunkle Spinnen, die sich durch die Landschaft in meine Richtung schoben; oder die verdrehten Finger und Arme alter Männer, die mich mit Wissen und Konfrontationen bedrängten, nach denen ich kein Verlangen hatte. Dann waren sie, ohne Ankündigung und übergangslos, behaglich möblierte, mit Teppichen ausgelegte Zimmer, wo ich mit Johnsson, Gabrielle, Planchat und Blaise in geselliger Runde plauderte. Dann, wie Falltüren, die sich öffnen, Tunnel, durch die ich zum Mittelpunkt der Erde taumelte. Lava stieg in der Röhre zu mir auf, als ich hinfiel, wieder fiel und nicht mehr aufhörte zu fallen. Könnte ich es nur irgendwie durch die Lava schaffen, am Erdmittelpunkt gäbe es keine Schwerkraft, keine Luft: Ich wäre schwerelos, frei; würde nicht einmal atmen müssen.

Das Läuten des Telefons weckte mich, ich strampelte mich, immer noch außer Atem und in panischer Angst, aus dem Bett. Als ich den Hörer abnahm, antwortete niemand.

Dann plötzlich war es, als wäre ich wieder wach geworden – oder war es vielleicht dasselbe Mal, nur Sekunden später? Ich hatte gedacht, das Telefon klingele. Aber das Telefon war stumm. Hatte ich das vorherige Klingeln geträumt? Oder hatte es tatsächlich geklingelt, hatte ich hineingesprochen? Und jetzt? Eine Zeitlang versuchte ich mich an ein charakteristisches Detail zu erinnern, das mir Sicherheit geben könnte – Licht am Fenster, als ich das erste Mal wach wurde, Geräusche vor meinem Zimmer, verworrene Laken unter mir oder meine Füße auf dem rauhen Teppich des Zimmers –, bevor ich schließlich aufgab.

Also dann auf die Jagd. Oder genauer gesagt, nach Kaffee und Brötchen im La Madeleine, auf die Suche.

New Orleans hat eine weitläufige irische und lateinamerikanische Bevölkerung. Sie leben nicht in getrennten Gemeinden, wie sie es anderswo tun, sondern überall in den Doppelhausvierteln der Stadt verstreut.

Gabrielle würde in Verwandtennähe in der einen oder der anderen Bevölkerungsgruppe untertauchen. Ich beschloß, bei den Iren mein Glück zu versuchen, und nachdem ich es in Kelly's Pub draußen an der Airline und in Mickey F's Bar downtown versucht hatte, kam ich schließlich zum O'Toole's.

O'TOOLE'S IST SEIT 86 JAHREN AM SELBEN PLATZ. (Es ist an der Magazine ein Haus weiter Richtung Louisiana Avenue gezogen, als die ursprüngliche Bar in den fünfziger Jahren abbrannte; und in den Siebzigern um die Ecke in ein altes Auktionshaus, als Antiquitätenläden in diesen Teil der Magazine zogen und die Immobilienpreise sich über Nacht verdoppelten.)

Einige der Tische, Stühle und Wanddekorationen sahen so aus, als seien sie schon die ganze Zeit hier. Das gleiche galt für das Paar, das an der Bar saß.

Ich setzte mich neben die beiden und lud sie zu einem Drink ein.

Der Mann drehte den Kopf und sah mich einen Moment an. »Mary«, sagte er. Er drehte den Kopf einen Zentimeter in Richtung seiner Begleiterin. Dann, wieder genau geradeaus blickend: »Patrick.« Eine Pause. »Sheehy. Es wäre uns ein Vergnügen, ein Bier mit Ihnen zu trinken, Sir.«

In Wirklichkeit war es ihnen ein Vergnügen, drei Bier mit mir zu trinken. Möglicherweise vier. Und sie klärten mich über die Geschichte der Bar auf.

Ich beschrieb Gabrielle und fragte, ob sie sie gesehen hätten.

Sie sahen sich kurz an.

»Sie ist hier in N'Orleans, sagen Sie?« fragte der Mann.

»Ich denke ja. Ja, Sir.«

»Schwarzes Haar. Irisch und mit einem spanischen Akzent?«

»Er kommt und geht, aber im Grunde ja.«

»Tja, viele von ihrer Sorte können wohl nicht hier herumlaufen, oder?«

»Nein, Sir.«

»Und würde sie denn *Sie* sehen wollen? Glauben Sie das, junger Mann?«

Ich erzählte ihm eine Version der Wahrheit. Daß mich ein Job von ihr weggeholt habe. Daß sie geschrieben habe, sie würde auf mich warten. Daß wir uns liebten.

Als ich fertig war, sah er seine Frau an.

»John Neil?« sagte er.

Sie nickte, auch einen Zentimeter.

Er sah wieder mich an.

»Eine Neffe von uns hat Mietwohnungen überall in der Stadt. Besitzt selbst eine ganze Reihe, verwaltet den Rest für andere. Er könnte Ihnen behilflich sein, Ihre junge Lady zu finden.«

Er nahm eine Papierserviette vom Stapel auf der Theke und kritzelte eine Adresse darauf.

»Sie müssen in das kleine Hinterhaus, nicht das an der Straße. Gehen Sie nach rechts, und da sehen Sie ein Tor, ein bißchen zurückgesetzt, und dahinter einen Ziegelpfad zu dem kleinen Haus. Da wohnt John Neil. Das große Haus vermietet er.«

Ich bedankte mich.

»Ich weiß, junger Mann, daß heute einiges anders ist. Aber wenn ich Sie wäre, dann würde ich einen großen Blumenstrauß mitnehmen, wenn ich die junge Lady fände.«

Er sah seine Frau an. Sie lächelte zurück.

»Vielleicht zwei Sträuße«, sagte er.

In Louisiana gibt es ein Tier, das heißt Nutria. Stellen Sie sich eine Kreuzung zwischen Biber und Hamster von der Größe eines kleinen Hundes vor, und dann haben Sie es in etwa. John Neil Noels Mutter war, wie man so sagt, von einem Nutria erschreckt worden. Er stand auf den Hinterbeinen, aber ansonsten war die Ähnlichkeit von der Gestalt und dem weichen dunklen Haar, das auf jedem sichtbaren Körperteil zu sehen war, bis zu den ruckartigen, raschen Bewegungen geradezu unheimlich.

»Mm-hm«, sagte Noel. Seine spitzes Gesicht zuckte von links nach rechts, fuhr zu mir, zum Fenster, zum Boden. »Hmmm.«

Auf dem Weg hierher hatte ich an einem Kwik-Kopy an der St. Charles gehalten und über eine der Schaltstellen der Agency eine kodierte Anfrage an Johnsson gefaxt. Binnen fünfzehn Minuten hatte ein Agency-Mann elektronisch die Straßenverkehrsbehörde kontaktiert, eine Kopie von Gabrielles Führerscheinfoto erhalten und zu mir gefaxt.

Jetzt zeigte ich das Foto Noel und entlockte ihm ein weiteres »Hmmm«.

»Ich denke ja«, sagte er. Wandte den Blick ab. »Ziemlich sicher, ja.« Blick wieder zu mir. »Ja. Mietshaus unten an der Camp, direkt bei der Melpomene.«

»Wie lange wohnt sie dort?«

»Woche, vielleicht.«

»Allein?«

»Aber klar. Zu klein für mehr als einen. Wenn man vorwärts reingeht, muß man rückwarts rausgehen. Ist deshalb schwer zu vermieten.«

»Mietzahlung?«

»Monatlich. Sechs Einheiten in dem Haus. In vier davon hat der Eigentümer Dauermieter, sind seit Jahren bei ihm. Aber zwei sind auf der Rückseite angebaut, die vermietet er auf Monatsbasis.«

»Sind Sie sicher, daß sie es ist?«

»Hat sie eine Zwillingsschwester? Eine Doppelgängerin?«

Ich schüttelte den Kopf.

»Dann muß sie's sein.«

Er zog eine Schublade seines Schreibtisches auf, nahm eine Geschäftskarte heraus, schrieb eine Adresse auf die Rückseite.

»Behalten Sie die Karte, wenn Sie das hier erledigt haben. Wenn Sie mal wieder hier sind und eine Unterkunft brauchen, wissen Sie, an wen Sie sich wenden können.«

Ich fuhr die Prytania zur Terpsichore, überquerte die Coliseum, fuhr dann um den astlochförmigen Park herum, bog in die Race und traf einen Block weiter auf die Camp.

Nahe an der Straße gebaut, hatte das viktorianische Haus über die Jahre viele Farben gesehen; in jüngster Zeit war es mit einer dünnen Schicht Weiß übersprüht worden. Früher hatte es einen Bürgersteig und einen Eisenzaun gegeben, aber die Wurzeln einer mächtigen Eiche hatten den Gehweg hochgehoben und zerbrochen, so daß nur noch Betonfragmente am Rand des Vorgartens übriggeblieben waren; und der restliche halbe Meter des Zauns, von denselben Wurzeln in Mitleidenschaft gezogen, stand in einem Winkel von fast vierzig Grad vom Boden ab. Die Eiche überragte das Haus und streckte einen langen krummen Arm über die Straße, aber sie starb jetzt allmählich.

Ich folgte einem schmalen Pfad, der unter drei Meter hohen Bananenbäumen und einer verwilderten Hecke entlangführte, zur Rückseite des Hauses. Die Ziegel des Pfades hatten die Farbe des Erdbodens angenommen, viele waren eingesunken, und überall zwischen ihnen wuchsen Streifen von Gras und Unkraut; die Ziegel am Rand waren glattgewetzt.

Die Tür zur Wohnung stand offen. Auch ein Fenster war geöffnet, und ein blauer Vorhang wehte wie eine Fahne.

Ich stand stockstill, lauschte.

Schreie von hinten im Park. Autos, die sich ihren Weg über schlaglöchrige Straßen bahnten. Das Heulen einer Alarmanlage in der Richtung zur Prytania.

Langsam ging ich zur Tür und lauschte erneut. Ein Radio oder Fernseher war drinnen, im hinteren Zimmer, eingeschaltet, die Lautstärke niedrig gestellt. Sonst war nichts zu hören. Ich glitt über das Fensterbrett und war drinnen.

Es gab nur zwei Zimmer, eine winzige Küche, in einer Ecke ausgespart, und ein noch winzigeres Bad in der gegenüberliegenden hinteren Ecke. Spärlich und schlicht möbliert, ein Doppelsitzer aus Korb, zwei Stühle, ein niedriger Tisch, war das vordere Zimmer wohlgeordnet und nüchtern wie ein Motelzimmer, brachte es aber dennoch fertig, irgendwie gemütlich zu wirken. Lebensmittel und Geräte waren auf Küchenregalen aufgereiht. Saubere Teller lagen in einem Trockengestell über dem Spülbecken.

Das hintere Zimmer war eine ganz andere Sache.

Hier hatte ein Hurrikan gewütet.

Laken und Baumwolldecken waren vom Bett gerissen worden und lagen verknäult auf dem Fußboden. Kosmetika, Parfüms, Spiegel und Bürsten waren von der Kommode gewischt worden und lagen überall herum. Ein Holzstuhl lag, nach vorn gekippt, auf den zerbrochenen Vorderbeinen. Der Fernsehapparat lag am Ende des gespannten Stromkabels auf dem Rücken und warf trübes Suchlicht an die Decke.

Mein Fuß stieß an eine Spieldose, die umgekippt auf dem Boden lag. Zwei oder drei Noten kamen zögernd heraus.

Ich bückte mich, schob Laken und Decke von der Ecke eines Gegenstands weg und hob ihn auf.

Der Einband zeigte einen jungen Mann mit Brille, ernsthaft, wie nur die Jungen sein können, etwas von einem Intellektuellen, ganz sicher, aber mit sinnlichen Lippen und einem entrückten, verträumten Blick in den Augen hinter dem Brillengestell aus Stahl. Dahinter skizzenhafte Olivenbäume und offene Felder bis zum Horizont und zu einem Hintergrund, der ebensogut aus Wolken oder einer vorwärtsdrängenden Stadt bestehen konnte.

Gedichte von Cesare Pavese.

36

»Ich hab' ja gesagt, daß hier drüben was Schlimmes passiert.«

Sie stand in der Tür, blickte nach vorn zu mir, aber ihre Bemerkung galt eindeutig jemandem in dem Zimmer hinter ihr. Sie trug Stretchhosen, die an Hintern und Knien ausgeleiert waren, einen passenden weiten Pullover, der von Metallfäden und Pailletten glitzerte. Ihr Haar, verharscht von Dekaden von Chemikalien, war eine Mischung aus Mahagoni, schwarz und gräulichgrün.

Ein jüngerer Mann, ein Glas in der Hand, trat hinter sie. Die hohen Wangenknochen eines Indianers, südamerikanische Bronzehaut. Sein Kopf rollte über ihre Schulter, als er zu mir herüberschaute. Er nickte, vielleicht als Gruß, vielleicht zur Bestätigung dessen, was er ohnehin erwartet hatte, und zog sich wieder zurück.

»Könnten Sie mir sagen, was Sie gesehen haben, Miss ...«

»Cohen, Mrs., aber jeder nennt mich Irene.«

Ich wartete, aber wir schienen irgendwo den Faden verloren zu haben, der Zug war entgleist.

»Was Sie gesehen haben«, drängte ich. Dann: »Irene.«

Es war, als wäre ein Schalter, ein Relais klickend eingerastet.

»Ich habe gespült. Eine Menge Geschirr, da Al sich nicht gut fühlt, und ich habe so viele Stunden, wie ich kriegen konnte, im Laden gearbeitet, und so konnten wir uns beide eine Zeitlang nicht ums Geschirr kümmern. Das Fenster über dem Spülbecken geht zu der Wohnung hier raus. Hier ist ein ständiges Kommen und Gehen, seit Jahren. An manchen Tagen haben Sie hier das beste Programm der Stadt.«

Sie blickte über meine Schulter. Zu der offenen Tür auf der anderen Seite der Gasse, während der blaue Vorhang im Fenster wehte.

»Zwei Männer kommen an die Tür. Sie stand offen, so wie jetzt. Wie meistens – keine Klimaanlage, verstehen Sie? Sie hatten Anzüge an, was man hier in der Gegend nicht so oft sieht, also weiß ich normalerweise, daß sie von irgendeiner Polizei sind, richtig? Sie klopfen an die Tür, und als sie nach vorn kommt, stehen sie zu dritt in der Tür, und dann schubst der, der die meiste Zeit redet, sie irgendwie ins Zimmer zurück. Der andere sieht sich einen Moment um und geht dann auch rein.«

»Haben Sie sonst noch etwas gesehen oder gehört?«

»Erst, als sie wieder rauskamen.«

»Wie lange war das?«

»Zehn, fünzehn Minuten vielleicht. Bis dahin war ich mit dem Geschirr fertig. Al und ich wollten mit dem Hund rüber zum Park, damit er da sein Geschäft machen kann. Wir kommen gerade um die Ecke auf die Camp und sehen die Kerle in den Anzügen zusammen mit der Frau hinter dem Haus herauskommen.«

»Diese Frau?«

Sie schaute auf das Foto.

»Könnte sie sein, ja.«

»Hat sie sich gewehrt?«

»Könnte ich nicht sagen. Aber sie haben sie an den Armen festgehalten, da bin ich ziemlich sicher. Einer an jeder Seite. Sie sind in ein Auto gestiegen, sie und der Mann, der die meiste Zeit geredet hat, nach hinten, der andere vorn, und sind weggefahren.«

»Die Camp hinauf? Zur Brückenauffahrt?«

Sie schüttelte den Kopf. »Sind zum Fluß abgebogen.«

»Erinnern Sie sich, was das für ein Wagen war, Irene?«

»Kann ich nicht sagen. Bin nie gefahren, ich kann einen Ford nicht von einem John Deere unterscheiden.«

»Hell oder dunkel?«

»Oh, er war dunkel. Blau, fast schwarz.«

»War er klein, ein Mittelklassewagen oder groß?«

Sie dachte darüber nach.

»Vier Türen oder nur zwei«, ließ ich nicht locker.

»Oh, er hatte vier und war groß, wie die Wagen von der Polizei.«

»Danke, Irene. Sie waren mir eine große Hilfe.«

Ich hatte mich schon zum Gehen gewandt, als sie sagte: »Und über den anderen Wagen wollen Sie nichts wissen?«

Ich drehte mich zu ihr um.

»Als sie wegfuhren, ist zwischen den Häusern ein Mann herausgekommen. Er ist in ein Auto gestiegen, das weiter weg an der Straße geparkt war, und wenn ich es richtig gesehen habe, ist er hinter ihnen her. Jedenfalls ist er genauso abgebogen, und er hatte einen unheimlichen Zahn drauf.«

»Haben Sie einen Blick auf ihn werfen können?«

»Ich fürchte nein. War zu weit weg für mich. Ich glaube aber nicht, daß er ein *junger* Mann war, wie die beiden anderen. Hat sich mehr wie ich oder Al bewegt, wenn Sie wissen, was ich meine.«

»Könnten Sie sagen, wie er gekleidet war?«

»Eine Hose, Slacks nennt man die wohl. Helle Farbe, glaube ich. Und eine Art Golfjacke, ein Anorak. Da drunter dunkles Hemd. Eins von diesen Sporthemden, glaube ich.«

»Und sein Wagen?«

»Blau.«

»Dunkelblau oder hell?«

»Hell.«

»Größe?«

»Nicht so groß wie der andere, aber auch nicht so klein wie die ausländischen Dinger. Die, die wie Brotkästen aussehen.«

»Zwei Türen?«

Sie zuckte die Achseln. »Glaub' ja.«

»Sonst noch etwas?«

Sie dachte darüber nach. »Mm-mm.«

Ich bedankte mich und wandte mich erneut zum Gehen.

Als Stimme kam aus dem Zimmer hinter ihr.

»Der erste Wagen war ein Continental, königsblau, Baujahr '90 oder '91. Hinterachse sieht übel aus, und die Zylinder sind verdreckt. Der andere hatte einen Plymouth. Reliant heißt das Modell, glaube ich. Der Wagen war ganz in Ordnung. Jemand hat ihn gut gepflegt. Die Karosserie ist ein bißchen verbeult, aber wen kratzt das schon? Sauberes Auto, solide.«

Ich spähte um die Tür herum. Al hob seinen Drink in meine Richtung.

»Einen so tollen Mechaniker finden Sie nicht überall«, sagte die Frau. »Jedenfalls war er gut, als er noch arbeiten konnte. Hatte ein Händchen für Autos. Viele haben das gesagt, und sie haben ihre Autos von überall gebracht. Ich schätze, Autos sind das einzige, was er jemals geliebt hat.«

Sie wandte sich kurz ab. Als sie sich wieder umdrehte, hatte sie ein Lächeln aufgesetzt. Ihr ganzes Gesicht war wie verwandelt.

»Außer mir, natürlich.«

37

Voller sexuellem Tatendrang und ständig hungrig, fressen die Nutrias die Küste des Bundesstaates regelrecht weg, während die

Politiker von New Orleans und Louisiana wie schon immer *ihr* Bestes tun, um den Rest zu verschlingen.

Huey Long hat die Menschen hier unten vieles gelehrt: in jedem Topf soll ein Huhn stecken, jeder Mann ist ein König, kein Mann sollte eine Krone tragen. Seine wahrscheinlich dauerhafteste Lehre (in jenen Vor-Camelot-Tagen) war die, daß ein Mann immer seinen Weg gehen kann, die Dinge auf *seine* Weise regeln kann. Und seitdem war die Politik in Louisiana stets Freistil-Catch-as-catch-can.

Das alles ist schrecklich verwirrend, gewiß – ein ständiger, heftiger Veränderungsprozeß für die Einwohner, für alle anderen absolut nicht zu durchdringen –, aber es gibt keinen besseren Ort, um Gefälligkeiten abzurufen. In und um New Orleans ist man mit Gefälligkeiten großzügig. Und Johnssons fünfzig und etwas Jahre im Regierungsdienst vermehrten die Zahl der Gefälligkeiten um einiges.

Networking nennt man das heute.

Ja, ich weiß alles über leidenschaftlichen amerikanischen Individualismus und amerikanische Unabhängigkeit. Natty Bumppo, Jäger in den Bergen, Huck Finn, Cowboys, utopische Gemeinden, Chandlers schwarzer Ritter, Holden Caulfield, Hippies. Geradeaus auf dem Highway. Mach dein Ding. Geh nach Westen, bis auch das aufgebraucht ist. Sag einfach nein – wie Bartleby. Mach's einfach.

Und ich verehre das alles.

Trotzdem, nach einer halben Stunde hatte ich ein halbes Dutzend Gemeinde- und Bundesstaatsbehörden, die Staatspolizei und jeden einzelnen Streifenwagen in New Orleans auf meiner Tanzkarte.

Die Sikhs mögen, bei all ihrem Spiritualismus, recht haben: bist du arm, bist du dumm. Und wenn Information die Währung des Tages ist, und du hast Zugang zu ihr und nutzt sie nicht, dann *bist* du dumm.

Mehr als ein Anruf bei Johnsson war nicht erforderlich. Er rief einige Senatoren und Behördenchefs an, ein oder zwei Ausschußvorsitzende, und dann lief alles sehr rasch in die Pipelines. Überall wurden königsblaue Lincolns und Plymouth Reliants überprüft: Algier, Chalmette, LaPlace, Shreveport, selbst in Mississippi und Alabama.

Ich saß in meinem Hotelzimmer und nahm Anrufe entgegen. Der sechste von der Polizei in New Orleans war der Durchbruch.

Ein Lincoln, auf den meine Beschreibung paßte, tauchte häufig bei einem Einkaufszentrum an der Tchoupitoulas auf. Den Streifenpolizisten war er aufgefallen, nachdem er mehrere Strafzettel wegen falschen Parkens bekommen hatte; dann war der Wagen in einen leichten Unfall verwickelt, kein großer Schaden, niemand verletzt, und der Fahrer des anderen Wagens hatte den Vorfall pflichtgemäß gemeldet.

Es war wie das Klick, von dem Emily Dickinson sprach, wenn sie wußte, daß sie ein Gedicht hatte. Oder wie Housman, der zukünftige Verse bei der Morgenrasur rezitieren konnte, und wenn seine Barthaare getilgt waren, dann wußte er: Er hatte es.

Der Lincoln war mein Hütchen, unter dem die Erbse lag.

Ich fuhr die St. Charles bis zur Jefferson, dann die Jefferson Richtung Fluß, bis sie an der Tchoupitoulas aufhört. Der Continental war um die Ecke von Alfalfa Video in einer Seitenstraße geparkt, weit weg von der Kreuzung und von Hydranten.

Ich hielt hinter dem Wagen und stieg aus. Kauerte mich hin, um einen kurzen Blick auf den Wagen zu werfen. Beide Hinterreifen waren auf der Innenseite abgefahren.

Die Gebäude in der Umgebung waren langgestreckte Doppelhäuser, einen halben Meter über dem Erdboden aufgeständert, mit schmalen, überdachten Veranden – Galerien nennt man sie hier.

Topfpflanzen drängten sich auf der nächstgelegenen – die war es wohl nicht. Kinder spielten vor einer Veranda auf der anderen Straßenseite mit Dreirädern und Fahrrädern aus Kunststoff. Ein älteres schwarzes Paar saß in Gartenstühlen auf der angrenzenden Galerie.

Aber vor dem nächsten Haus die Galerie war leer, Dielen und Stufen zeigten wenig Abnutzungsspuren. Kleine Jalousien schirmten beide Vorderfenster ab. Eine Reihe mit Springkraut säumte den mit Ziegelsteinen gepflasterten Weg. Das Gras in dem haustürgroßen Vorgarten war auf einen uniformen Zentimeter heruntergestutzt, die Ränder zu Blumenbeet, Bürgersteig und Ziegelweg sorgfältig beschnitten.

Ich klopfte, und hinter der Tür neigte sich ein Gesicht nach vorn, als sie sich öffnete. Die schwarze Leiste einer einzigen durchgehenden Braue spannte sich in der Mitte.

»Ja?«

»Bitte entschuldigen Sie, daß ich Sie in Ihrem Heim belästige«, sagte ich.

»Ja?« Derselbe Tonfall.

»Achten Sie auf Ihre Manieren«, kam eine Stimme von drinnen. »Bitten Sie unseren Besucher doch, einzutreten.«

Der Mann mit der Braue wich von der Tür zurück. Ich tat zwei Schritte hinein. Hinter ihm waren zwei Verstärker – Knochenbrecher, wie man sie nennt. Knapp einsneunzig, gut über hundert Kilo, Schenkel und Hals wie Baumstämme. Viel Hausmannskost à la Sizilien. Im Moment sahen sie nicht so gefährlich aus – wie sollten sie auch, mit Klebeband an ihre Stühle gefesselt und Socken in ihren Mund gestopft?

Blaise saß auf einem Stuhl mit ovalen Polstern auf der Sitzfläche und vor der Rückenlehne. Neben ihm befanden sich auf einem zierlichen Tisch mit ovaler Platte eine Tasse samt Untertasse und, als handele es sich um ein übliches Tee-Utensil, eine kleine Pistole, eine Glock.

»David«, sagte Blaise. »Ich hatte das Gefühl, Sie würden bald vorbeischauen. Wäre ich sicher gewesen, hätte ich mir die Reise erspart. Nicht, daß ich etwas Besseres vorhatte, damit Sie mich richtig verstehen.«

Er schaute zu dem Brauenmann und nickte zu einem Sessel. Brauenmann, der wie eine Larvenversion der beiden anderen aussah, bleich und ungeformt, setzte sich rasch. Vinyl quietschte unter ihm.

»Danke«, sagte Blaise. Er nickte den Verstärkern zu. »Ich hatte nie viel dafür übrig, einen Mann zu knebeln. Aber diese beiden haben darauf bestanden, einen solchen Krawall zu machen, als sie hier auftauchten, und ließen mir keine Wahl.«

Er lächelte.

»Schön, Sie wiederzusehen, David.« Er nahm einen Schluck Tee aus seiner Tasse und stellte sie präzise wieder auf die Untertasse. »Ausgezeichneter Tee, junger Mann. *Mes compliments.*«

»Ich heiße Donny«, sagte Brauenmann. »Und leck mich am Arsch, du alter Sack!«

Blaise seufzte. »Sie begreifen es nie. Die neue Generation. Erinnern Sie sich an die Zeit, als man hier draußen nur auf Profis traf? Jetzt kommen Kinder, die ihr Handwerk aus Polizeiserien im Fernsehen gelernt haben. Ich weiß noch, was Sie mir einmal gesagt haben: In Amerika ist jede neue Generation ein neues Volk.«

»Gertrude Stein – ich erinnere mich. Und ich erinnere mich auch, daß Sie nicht sprechen konnten, als ich Sie das letze Mal gesehen habe.«

»Ja. Nun, Dinge ändern sich. Nicht wahr?«

Er blickte erneut zu den beiden Knochenbrechern und dem Brauenmann.

»Haben Sie eine Ahnung, wer diese Witzbolde sind?«

Ich schüttelte den Kopf. »Scheinen eine Menge Hühner im Hof herumzulaufen. Und jedes pickt auf die anderen ein.«

»In der Nacht, in der ich aufgebrochen bin, wurde ich wach und dachte, Sie sollten hier draußen nicht allein sein. Und bevor ich mich versah, hatte ich es laut ins Zimmer hinein gesprochen. Der Klang meiner eigenen Stimme hat mir angst gemacht. Und hat mir klar gemacht, daß ich recht habe, deshalb habe ich angefangen, zu packen.« Er lachte. »Jetzt sehe ich, ich hätte mir keine Sorgen machen müssen: Sie waren gar nicht allein. Alle möglichen Arten von Begleitung. Aber die drei sind keine Mitspieler. Subunternehmer, arbeiten gegen Honorar. Wir haben die Dinge besprochen, und sie versichern mir, daß sie aus dem Fall aussteigen.«

Blaise nickte zu einer Tür links von ihm.

»Sie ist dort drin. Schläft. Ihr geht es gut. *Das* hat mir am meisten Sorgen gemacht.«

38

Früher einmal war New Orleans (erzählte Blaise mir, als ich ihn und Gabrielle zum Flugzeug brachte) eine befestigte Stadt. Mauern und Forts, praktisch von Beginn an vorhanden, überdauerten mehr als hundert Jahre, obwohl sie in der ganzen Zeit nicht einmal dazu benutzt wurden, Angreifer abzuwehren.

Französische Karten von 1725 zeigen einen Ringwall mit kleinen Forts. Als es vier Jahre später zum Natchez-Massaker kam und die Bewohner von New Orleans dachten, sie könnten möglicherweise das nächste Ziel von Indianerangriffen sein, wurden eine

Palisade, flankiert von einem Wassergraben, und kleine Blockhäuser mit Artillerie hochgezogen. Der französische Gouverneur Luis Billouart de Kerlerec meldete die Wiederherstellung dieser Befestigungen an den König; doch als Louisiana 1762 in spanische Hände fiel und Gouverneur Bernardo de Gálvez (der später ein Held im Revolutionskrieg wurde, als er die Briten ohne viel Federlesens aus dem Staat warf) die Befestigungen in Augenschein nahm, bewertete er sie als lachhaft.

Es war Gouverneur Carondelet, der 1794 die Mauern und Forts ausbaute. Sein Vorgänger war von Bürgern, die zwar unter spanischer Herrschaft standen, sich *au coeur* aber immer noch als Franzosen verstanden, aus Louisiana vertrieben worden, und Carondelet war entschlossen, sich die Zügel nicht aus der Hand nehmen zu lassen. Die Tatsache, daß in Frankreich buchstäblich die Köpfe rollten, half ihm bei seinem Entschluß. Solche Geschichten konnten sich leicht in der neuen Welt ausbreiten.

Und so begann jeder Tag von Gouverneur Carondelet mit einem Rundgang über die viereinhalb Meter hohe Mauer aus Lehm, die bis zur Stadtgrenze reichte und schon bald von Palisaden gekrönt und mit einem zwölf Meter breiten Graben versehen wurde. Am Fluß wurden zwei fünfeckige Forts, sechs Meter hoch und mit Kanonen bestückt, errichtet: Fort St. Louis (an der Canal Street) und Fort St. Charles (an der Esplanade). Drei weitere Forts schützten den Rückraum der Stadt.

Die Forts St. Louis und St. Charles waren bei weitem die prachtvollsten. Doch von Anfang an waren Mauern und Forts dafür gebaut worden, um sowohl die Franzosen drinnen zu halten, sie in jeder Hinsicht zu kontrollieren, als auch, um Angriffe von außen abzuwehren.

Als Louisiana 1803 an Amerika verkauft wurde, verfielen Mauern und Forts erneut. William Claiborne, der erste amerikanische Gouverneur, berichtete, der endgültige Rückbau sei erleichtert worden, als in einer dunklen Nacht eins der rückwärtigen Forts in Gänze gestohlen wurde, vermutlich, um als Feuerholz Verwendung zu finden.

39

»Die Welt hat sich mehr verändert, als wir uns vorstellen können, David«, sagte Blaise.

Draußen erhob sich ein mittelgroßes Flugzeug, mit blauen Längsstreifen lackiert, in den Himmel.

»Oder vielleicht liegt es daran, daß wir uns selbst verändert haben und die Welt nicht mehr so sehen wie früher.«

Wir saßen vor unseren Kaffeebechern. Sie waren aus einer Maschine gekommen, die so groß wie ein kleiner Kühlschrank war und versprach, von Espresso und Cappucino bis zu heißer Schokolade und einheimischem Café au lait alles zuzubereiten. Ich hegte meine Zweifel. Ich hatte gesehen, wie der Mann hinter der Theke Tüten mit Pulver hineingeschüttet hatte, als wir näher kamen und bevor er unsere Bestellungen aufnahm.

Rechts von uns kamen Passagiere mit Kamerataschen und Rucksäcken von den International Arrivals hereingeströmt. Links von uns schwebten riesige Mardi-Gras-Masken, gold, grün und lila, ein Clown, eine Hexe, ein Löwe, über einem Eingang.

Gabrielle kam aus dem Waschraum zurück. Ich schob ihr einen fragwürdigen *au lait* in seiner Styroportasse zu.

»Viel Glück«, sagte ich.

Sie roch an der Tasse und schaute hinein, als frage sie sich, wann der Goldfisch wohl verendet sein mochte.

»So viel zum guten Ruf von New Orleans.«

»Du bist jetzt in der Gemeinde Jefferson, Süße. Hier draußen an der Grenze ist jeder Mann auf sich gestellt.«

»Und die Frauen?«

»Auf die ist er auch gestellt.«

»Hätte ich mir denken können.« Sie wandte sich an Blaise. »Ich habe gehört, was Sie gerade sagten, jedenfalls den letzten Teil. Glauben Sie, die Menschen ändern sich wirklich? In einer Weise, die von Bedeutung ist, die wirklich Unterschiede schafft?«

»Nun ... Sie bringen es auf den Punkt, und ich denke, ich muß es glauben, ma chère.«

Eine Horde Deutscher mittleren Alters kam aus dem Gang der International Arrivals. Der Wachmann am Gate sagte etwas auf Deutsch zu ihnen. Die Gesichter ihrer eigenen Gruppe zugewandt, reagierten sie mit einem Lachen.

»Was ist mit denen?«

Gabrielle nickte in die Richtung von einem Dutzend Latinos in Muskelhemden und weißen Slacks. Sie saßen in einer Reihe, einheitliche blaue Sporttaschen vor ihren Füßen.

»Meinen Sie, ich sollte hinübergehen und ihnen sagen, daß ihre Frauen von jetzt an ihre eigenen Entscheidungen treffen?«

»Guter Punkt«, sagte Blaise. Und mit einem Nicken zu mir: »Aber was ist mit ihm?«

»Nun, richtig, er ist ein Sonderfall. War er schon immer.«

»*Er hat* sich geändert.«

»Mehr als ich ursprünglich wollte«, sagte ich. »Und weit *weniger*, als ich zum Schluß wollte.«

Blaises Augen folgten einem weiteren Flugzeug, das sich in den Himmel hob. »Das Leben ist sehr eigenartig. Und so *einzigartig*«, sagte er. »Wie eine Serie von Schnappschüssen, jeder ein wenig, fast unmerklich, anders als der vorherige. Aber am Ende der Serie ist *alles* anders. Man blickt hoch und weiß nicht mehr, wo man ist; es könnte ebensogut eine andere Welt sein.«

»Vielleicht ist es ja eine andere Welt. Johnsson hat mir gesagt, daß alles, um das wir uns mit Leidenschaft gesorgt haben, alles, an das wir so fest geglaubt haben, jetzt verschwunden ist. Daß es genauso folgenlos ist wie ein alter Pullover oder eine Briefmarkensammlung.«

»Das hat Johnsson zugegeben?«

Ich nickte.

»Erstaunlich. Und ich kenne den Mann seit über vierzig Jahren und arbeite so lange mit ihm.«

Ich zuckte die Achseln.

»Er ist selbst eine befestigte Stadt, müssen Sie wissen. Ich nehme an, wir alle sind so gewesen. Die Natur des Raubtiers, was, David?«

»Zumindest die Natur von Mauern. Und Joshua dort draußen mit seiner Trompete.«

»Vielleicht.«

»Es gibt ein Gedicht von Cavafy, einem Griechen, an das ich oft gedacht habe, Blaise. ›Die Barbaren‹. In dem Gedicht rüstet sich die Stadt ständig gegen einen unmittelbar bevorstehenden Angriff. Die Menschen arbeiten zusammen, treffen Entscheidungen, verabschieden Gesetze, sammeln Nahrungsmittel, bauen, bewaffnen sich. Denn schon bald werden die Barbaren vor den Toren stehen. Und das geht schon seit Jahren so, seit Menschengedenken. Aber die Barbaren kommen nie, und schließlich wird den Menschen bewußt, daß sie auch nicht kommen *werden*, und dann beginnt alles zu zerfallen. Der Dichter sagt, er weiß nicht, was sie jetzt ohne die

Barbaren tun werden. Diese Menschen, schreibt er, waren in gewisser Art eine Lösung.«

Blaise stellte den leeren Becher neben meinen auf den Tisch. Gabrielles Becher blieb voll.

»Es scheint, daß an *Ihren* Mauern noch Barbaren stehen, David.«

»Aus welchem fernen Land sie auch kommen und was immer sie auch beabsichtigen: ja. Aber vielleicht kein Stamm. Vielleicht nur ein einzelner Wilder.«

»Sie wissen, daß Gabrielle in Sicherheit sein wird?«

»Ja. Und ich danke Ihnen.«

»Selbst Sie werden nicht wissen, wo sie sich aufhält. Aber wenn es vorüber ist – ich werde wissen, wann es vorüber ist –, bringe ich sie Ihnen.«

Ich nickte.

»Ich verstehe das nicht«, sagte er.

»Ich genausowenig.«

»Aber ich *muß* es nicht verstehen.«

Er stand auf. »Unser Flugzeug müßte zum Einsteigen bereit sein.« Er streckte die Hand aus. Wir drückten uns die Hand, umarmten uns dann. »Was werden Sie jetzt tun, mein Freund?«

»Ruhig sein, denke ich, und still. Und darauf vertrauen, daß das Sie mir näher bringt.«

»Sie werden einen Augenblick allein sein wollen«, sagte er und ging ein paar Schritte in Richtung Eingangshalle.

»Blaise.«

Er blieb stehen. »Ja?«

»Sie verstehen, warum ich nie zurückgekommen bin.«

»Ach, David: Sie *sind* zurückgekommen.«

Er wandte sich wieder ab, zu der Menschenmenge hin.

»Er ist ein wunderbarer Mann«, sagte Gabrielle.

»Das ist er.«

»Ich wünschte nur, ich hätte ihn schon vorher kennengelernt und gewußt, wie wichtig er für dich war.«

»Ich ...«

»Nein, ich bitte nicht um Erklärungen, David. *Ich* muß ebenfalls nicht verstehen. Aber das heißt nicht, daß ich nicht verstehen will. Daß ich nicht hoffe, dies alles könnte, in der Zukunft, auch ein Teil meines Lebens werden.«

»Wie kannst du dir das wünschen?«

»Ich weiß nicht einmal, was *es* ist. Nicht wirklich. Aber ich weiß, wer du bist. Und *es* ist Teil von dir. Ein größerer Teil, als du zuzugeben bereit bist.«

Sie lehnte sich an mich. Meine Arme umfaßten sie.

»Ich liebe dich«, sagte sie.

»Ja. Das tust du.«

Dann gingen sie und Blaise zu den Gates.

Ich eilte zum Aufzug, stand am Geländer hoch über der Halle und sah ihnen nach. Reihe um Reihe von Reisenden mit eingewickelten Bündeln und Gepäckstücken – Golfschläger, Gitarrenkästen, Einkaufstüten, Ledertaschen – drängte sich vor den Schaltern rechts und links. Blaise und Gabrielle gingen durch alle hindurch, ins leere Zentrum der Halle, ins Licht der Sonne.

Als sie außer Sicht waren, holte ich den Wagen vom Parkdeck A-4 (ja, immer noch in Betrieb, immer noch eisern) und fuhr über die Airline zum Hotel zurück, vorbei an Dutzenden improvisierter Läden und altersschwacher Motels, die Gratisfilme und günstige Wochenraten anpriesen. Ich duschte, rasierte mich und überquerte die Tulane, um im Home Plate Inn, einem sogenannten Luncheonette, zu frühstücken. Große Lettern im Fenster verkündeten WIR SCHLIESSEN NIE. Ein bißchen Platz blieb im Fenster noch, und dort fand sich ein Durcheinander von Angeboten wie *Po-Boys, Empfehlung des Tages, Steaks, Frühstück rund um die Uhr*, und der Rest des Fensters war wie in geologischen Schichten von einem gräulichbraunen Film überzogen, das Produkt von vierzig Jahren Fett, Rauch und schlechter Stadtluft. Aber die Eier, die Grütze und die Brötchen waren erstklassig.

Das galt auch für den Kaffee, und ich nahm eine große Tasse schwarzen mit aufs Zimmer. Eine Zeitlang lag ich auf dem Bett, zappte mich durchs Fernsehen – ein Bericht über japanische Gärten, ein Porträt von Anna Achmatowa, das ich schon einmal gesehen hatte, ein Jerry-Lewis-Film, verschiedene Sportveranstaltungen, aktuelle Nachrichten, Kochstudios – und dachte an Gabrielle, dachte an Blaise, an Adrians Tod da draußen an der Zufahrtsstraße. Dann entdeckte ich einen UKW-Radiokanal, auf dem Mahlers Erste gespielt wurde, und legte die Fernbedienung weg.

Irgendwann während der schmerzlich langsamen Moll-Passage von »Frère Jacques« im zweiten Satz schlief ich ein.

Als ich am nächsten Morgen aufwachte, saß Luc Planchat neben dem Bett und trank Kaffee aus einer Plastiktasse.

40

Er stellte eine zweite Tasse auf den Tisch neben mir. Die mattierte Kugel der Deckenlampe hing wie eine erkaltete Sonne über dem Tisch. Das Morgenlicht im Fenster, merkwürdig flach, merkwürdig unklar, hielt den Atem an.

»Au lait«, sagte er. »Frisch. Und«, dabei hob er eine Tüte aus

Wachspapier vom Boden, »heiße, oder zumindest noch warme, hoffe ich, Beignets.«

Ich zog den Deckel der Tasse ab und ließ den Dampf in mein Gesicht steigen. Er roch nach Nüssen, nach fruchtbarer Erde und Wachstum, seine Tiefe und Fülle überlagerten einen Moment die glatte Oberfläche der Welt. Ich nahm einen Schluck. Der Geschmack war nicht so voll wie der Geruch – welche Wirklichkeit entspricht jemals der Erwartung? –, kam ihm aber ziemlich nahe.

Wir saßen da. Undeutliche Stimmen kamen im Flur vorbei. Sonnenlicht breitete sich hinter Jalousien und schweren Vorhängen auf dem Fenster aus, suchte nach einer Chance, in einer Ecke, an einem Rand einzudringen, suchte nach Anerkennung.

»Ich kenne Ihr Werk, alter Freund«, sagte Planchat. »Ich bin ein Fan. Ich habe sogar – *hatte*, muß ich jetzt wohl sagen – zwei kleine Stücke von vor ein paar Jahren, Acryl und Ebenholz. Ähnelt dem, was Sie jetzt machen, natürlich nicht sehr – oder sollte ich sagen, was Sie gemacht *haben*? Aber exquisite, wirklich wunderschöne Objekte. Haben etwas von einer großartigen, kalten Traurigkeit an sich. Ich werde sie nicht vergessen. Obwohl ich sie nie wiedersehen werde.

Wie Ihr Cendrars, *je suis l'homme qui n'a plus de passé*. Ich bin der Mann, der keine Vergangenheit mehr hat.«

Oder zuviel davon, dachte ich.

Ich tastete in der Tüte nach einem Beignet. Als ich hineinbiß, entwichen Dampfschwaden, und Puderzucker schneite auf meine Brust und meine Beine. Draußen überschlug sich der Tag, drehte sich noch einmal, fing sich schließlich.

»Es ist im Grunde nicht wirklich wichtig, daß wir überleben, müssen Sie wissen.« Planchat kostete den letzten Schluck Kaffee aus und steckte seine Tasse in die Wachspapiertüte. »Entweder die Rasse selbst – oder Sie und ich individuell.«

Er blickte zum Fenster: der Kampf des Lichtes.

Seine Augen waren, als er sie auf mich richtete, fast wie das Fenster.

»Einer unserer Bewahrer hat bemerkt, wie schwierig es ist, sich bei unserer Gegenwart daran zu erinnern, was aufzugeben man uns gebeten hat. Es ist fast so schwer wie der Verzicht auf das, was wir zusammengetragen haben. Vielleicht sogar schwerer. All die Geschichten von Monstern, Pakten mit diversen Teufeln, drei Wünsche, Gogols *Nase*: Etwas in unserem DNS versteht das alles. Werkzeuge kann man nicht einfach für andere Zwecke umformen. Äxte sind erbärmliche Nagelscheren.«

Er ging zum Fenster.

»Darf ich?« Er zog die Vorhänge auf, öffnete die Rolläden.

Lichtbäche flossen ins Zimmer herein.

»Da. Das ist die einzige Ansprache, die ich habe, eine kurze, und es ist vorüber. Die Geschichte, die dazugehört, wird ein bißchen länger dauern.«

Er trat vom Fenster weg und nahm seinen Platz im Sessel wieder ein.

»Vor einigen Monaten fiel mir auf, daß ich unter Beobachtung stand. Daß ich plötzlich, für die eine oder andere Agency und aus welcher Motivation auch immer, zu einem Objekt des Interesses geworden war. Keine einzelne Sache, die ich als Beweis finden konnte. Ein halbes Dutzend, dann ein Dutzend kleiner, unbedeutender Dinge. Und, natürlich, Instinkt.

Einmal erkannt, wurde dieses Interesse, diese Präsenz immer offenkundiger – zuletzt beinahe greifbar. Ich konnte mir keinen Augenblick vorstellen, daß es anders als bösartig sein könnte. Und deshalb bin ich geflohen. Bin aus diesem Leben mit seiner sorgfältigen, sicheren Architektur geflohen, so wie ich vor vielen anderen Leben schon geflohen bin – und mit kaum mehr Reue oder Bedauern. Die ruhigen Jahre, dieses Zwischenspiel, waren vorbei. Wie Lazarus bin ich wieder in die Welt hinausgegangen.

Aus der Ferne beobachtete ich die Handlungskreise um den Ort, an dem ich gewesen war; einiges ließ ein Ziel erkennen, vieles war rätselhaft. Schließlich sah ich, wie die Aktivität sich zurückzog; und ich verfolgte die Fäden, die ich verfolgen konnte. Zu einem Elektroniklabor in Buffalo. Zu einer Armeebasis an der kanadischen Grenze. Folgte den Abwärtsspiralen all dieser Linien, bis ich, letztendlich, auf Sie stieß.

Der Tod hat uns eine höchst kunstvolle Einladung geschickt, alter Freund. Mir kommt der Gedanke, daß wir das u. A. w. g. dieser Einladung gemeinsam ausfüllen könnten.«

41

Eine halbe Stunde später verließen wir beide, in Gabardine-Overalls, die wir aus einem unbewachten Waschraum befreit hatten, und mit grauen Plastiksäcken, in die wir Müll hineingestopft hatten, zusammen das Hotel durch eine Tür, die auf eine schmale Gasse und canyonartige Kanäle führte.

Quichote hatte wenigstens seine Windmühlen gehabt. Wir wußten nicht, was oder wo wir angreifen sollten. Keiner von uns.

Das Ganze hatte natürlich eine gewisse Ästhetik, meine Bewegung, die die anderen mitzog, deren Kurs wiederum von Planchat eingegrenzt wurde; aber das war nur Form, ins Gleichgewicht gebrachte Volumen, Vektoren in kurzzeitiger Balance: wunderschöne Worte ohne innewohnende Bedeutung.

Bei einigen Bier in einer uralten Bar nahe bei der Canal, immer noch in den Overalls, zwei Arbeiter unter vielen, diskutierten wir unsere Optionen. Die Namenlose schien einzig und allein von Dixie-Beer-Werbeschildern beleuchtet, die überall im Raum verteilt waren. Wenn sich die Tür zur Straße öffnete, setzte das Licht einen Fuß hindurch, erinnerte sich dann wieder, wo sein Platz war, und zog sich zurück, als nicke es bestätigend zu einem unausgesprochenen Abkommen. Wir saßen an der hohen, ellbogenglatt polierten Hartholztheke.

Am besten, beschlossen wir, wäre es im Moment, wenn ich damit fortführe, was ich die ganze Zeit getan hatte: sichtbar bleiben, im Freien aufhalten, auf die kommenden Stürme warten. Soweit wir wußten, hatte der, der dort draußen war, von Planchats Anwesenheit keine Ahnung – und veränderte die ganze Gleichung.

Kreise in Kreisen.

Später gingen wir die Canal entlang zum Fluß. Es ging auf Mittag zu, Menschen strömten aus allen Richtungen herbei, um sich, wie Leukozyten, die zum Infektionsherd hasten, in Trauben vor den Fastfood-Ständen und den Einmündungen von Restaurants zu sammeln.

»Hat Ihnen Ihr neues Leben etwas bedeutet?« fragte Planchat nach einiger Zeit. Wir hatten ruhig am Fluß gesessen, einem der Schiffe zugeschaut, das sich zur Mittagsfahrt mit Touristen füllte, und der Dampforgel eines anderen Schiffs zugehört, das weiter abwärts in Richtung Skyline und Brücke angelegt hatte.

»Ja. Das hat es. Ich habe es gelernt.«

»Und ein anderer Mensch in dem Leben?«

»Ja. Auch.«

Drei Boote reihten sich in der Mitte des Flusses in einer perfekten Eklipse auf und lösten sich dann voneinander.

»Wartet sie auf Sie?«

Ich blickte ihn an und antwortete nach ein paar Sekunden, ich wisse es nicht.

Mehrere Minuten sagte keiner ein Wort.

»Als mir klar wurde, daß ich beobachtet werde«, sagte Planchat, »habe ich so etwas wie Erleichterung empfunden. Ich hatte eine Anzahl von Karrieren durchlaufen und mit der Zeit ein ansehnliches persönliches Vermögen erworben. Frauen traten in mein Leben und wieder hinaus. Sie bedeuteten mir nichts, ich hatte nicht viele Gefühle, wirklich. Um zwei oder drei am Morgen habe ich mein eigenes Bett im Stich gelassen und mir gewünscht, sie wären nicht da, damit ich wieder allein sein könnte. Denn ich *war* allein. Ich war immer allein gewesen, und die Körper dieser Frauen neben mir, die Furcht und die Kapitulation in ihren Augen dienten nur dazu, mir diese Tatsache unerträglich schmerzvoll ins Gedächtnis zu rufen.«

Planchat nahm ein loses Stück Asphalt vom Boden und warf es ins Wasser. Ein Reiher senkte sich zu den Wellenringen hinab, besann sich dann aber eines Besseren.

»Ich habe es gehaßt, David. Zehn Jahre, und ich haßte jeden Monat, jede Woche, jeden Tag, jeden letzten Augenblick. Jetzt liegt das alles glücklich hinter mir. Ich bin wach, und der Traum klingt ab. *Dies* ist, was ich tue. Nicht das einzige, das ich gut gekonnt habe, ganz und gar nicht – aber das einzige, was mir je Vergnügen gemacht hat.«

Da wußte ich, daß Luc – und nicht ich – sterben würde.

42

Als sie kamen, kamen sie schnell, kurz nach vier am nächsten Nachmittag, in den baumbeschatteten Straßen oberhalb der Tulane, zwei von ihnen, einer vor mir, als ich um eine Ecke bog, der andere hinter mir, rasch aufschließend.

Keiner sagte ein Wort. Ich blickte vom einen zum anderen, drehte mich instinktiv seitwärts. Sie waren nicht so konzentriert, wie sie es hätten sein sollen, und das ergab nicht viel Sinn. Ein bißchen wie Doc Holliday, der auf dem Weg zum O.K. Corral anhält, um Vögel zu beobachten.

Als ich die wortlose Verständigung zwischen ihnen bemerkte, sah ich auf A, fintierte in Richtung B und kam in einer flüssigen Kreisbewegung zurück, um A zu attackieren, der sich schon in Bewegung gesetzt hatte, um seinem Partner zu helfen. Die Kraft meines Schlages, die seinen eigenen Schwung nutzte, brachte ihn zu Boden, er stürzte hart auf den Rücken. Und von da an war es ein Leichtes, der Kraftlinie zu folgen, sie in eine Körperrolle einzuspeisen, die mich gegen B explodieren ließ und ihn mit einem lauten Krachen des Schädels auf den Bürgersteig hinabschickte. Alles geschah praktisch in einer einzigen Bewegung.

Offen gesagt hatte ich keine Vorstellung, daß ich diese Art Bewegung noch in mir hatte.

Ausbildung ist eine großartige Sache.

Ich durchsuchte ihre Taschen und fand das übliche Halbnichts: nichtssagende Schlüssel und ein Dietrich, eine Ansammlung amtlicher Papiere. Einer trug einen Anzug mit der Hongkong-Version eines englischen Markenlabels und hatte britische Papiere bei sich. Der andere, in Jeans und Lederjacke, hatte einen polnischen Paß.

Das schien schon alles gewesen zu sein. Wir warteten. Schließlich verließ Planchat die Deckung der Bäume und trat zu mir.

So ist das Leben, dachte ich. Man wartet auf die Dinge, die kommen, und wenn sie schließlich geschehen, sind sie so ernüchternd.

»Ein enttäuschender Fang, alter Freund«, sagte Planchat.

Dann blickte er nach oben – vielleicht zog Intuition seinen Blick dorthin, vielleicht *wußte* er in diesem Moment etwas (ich glaube, das war es) – zum Dach eines mit Brettern vernagelten viktorianischen Hauses.

Plötzlich erschien ein schwarzgerändertes Loch in seiner Stirn.

Ich hechtete in den Schutz eines geparkten Autos.

Eine Ewigkeit stolzierte vorbei.

Dann noch eine.

Die Vögel hatten gerade wieder zu singen angefangen, als ein Körper über die Dachkante fiel, durch die Äste eines riesigen Pecanbaums taumelte und reglos auf die Erde fiel.

Ich wartete.

Wartete noch etwas länger, ging dann zu dem Körper. Er war fachmännisch erledigt worden. Höchstwahrscheinlich mit einer Seidenschnur garottiert. Höchstwahrscheinlich mit der Seidenschnur, die jetzt in einer Schleife um die Genitalien des Mannes gebunden war.

»Abfall«, sagte eine Stimme neben und über mir. »Überall Abfall. Aufgehäuft, schwankend, bereit zu fallen. Große stinkende Säcke voll damit, wie der hier.«

Sie wies auf die Leiche zu unseren Füßen, als ich mich aufrichtete.

»Jetzt kann er den ewigen Steifen haben, den er immer haben wollte. Der Bastard wird das Nichts ficken, wird ihn in das letzte dunkle Loch stecken, an dem er niemals schnüffeln wird, wird sich für immer abmühen, während er verfault und verrottet, und wird nie wieder kommen.«

Sie lächelte.

Mir fiel eine Geschichte ein, die ich in einem obskuren Literaturmagazin gelesen hatte. Ein Mann ist in der Praxis seines Psychiaters, und der Psychiater sagt ihm, man habe nach erschöpfenden Tests herausgefunden, was mit ihm nicht stimmt. Der Mann erwartet die Offenbarung. Im Grunde genommen, sagt der Psychiater, sind Sie verrückt wie Hundescheiße.

Ich kannte sie natürlich. Sie war die Frau in der Vision, die ich in Cross hatte, als ich vor den Gemälden stand.

Und zu unseren Füßen lag der Mann, der mit ihr zusammen gewesen war, dessen Biographie, dessen Leben ich anschließend bruchstückweise kennengelernt hatte.

»Mit Ihnen hat das wirklich nichts zu tun«, sagte sie. »Es war Planchat, von Anfang an nur Planchat. Etwas, was sehr lange zurückliegt, wahrscheinlich werden wir jetzt nie erfahren, was es war. Wobei es ohnehin kaum eine Rolle spielt.«

Ihre Augen und ihr Lächeln waren dunkle Teiche, in denen tödliche, stille Dinge leben.

»Wir hatten alle nur ein geborgtes Leben. Die sorgsam improvisierten Schutzvorrichtungen. Und dann«, sie streckte einen Moment lang eine zitternde Hand aus, »wurde an dem Netz gerüttelt.«

Wie durch ein Tor, das aufspringt, kamen jetzt meine Gedanken: *Michael.* Der Sohn des Schiffskonstrukteurs, der Mann, der sich in einen Wolf verwandelt hat. *Seine Nachforschungen hatten all das in Gang gesetzt.*

»Für ihn war es einfach«, sagte sie mit einem Nicken zu dem Mann vor unseren Füßen, »die anderen hineinzuziehen. Es war unvermeidlich, daß sie angezogen wurden – wenn so viel Wasser zu einem Rohr fließt. Wie Froschschenkel. Unumkehrbar tot. Aber wenn man sie in den Topf wirft, fangen sie an zu strampeln.«

Ihre tollwütigen Augen erfaßten ein letztes Mal den Körper des Mannes. Dann war es so, als wäre die Leiche nicht mehr da. Vielleicht nicht mal eine Erinnerung an sie.

»Als Planchat spürte, daß die Kreise um ihn enger wurden, und abgetaucht ist, hat sein Verfolger seine Aufmerksamkeit auf Sie gerichtet. Er dachte, er würde Planchat wieder ins Spiel zurückholen. Er hatte, zumindest am Anfang, aber nicht vermutet, daß *Sie* bereits zurückgerufen worden waren, um *ihn* zu verfolgen: indem Sie flohen, wie sich herausstellte. Und ganz gewiß ohne eine Ahnung davon – keiner von Ihnen hätte einen Hinweis darauf haben können –, daß ich auch hier draußen war.«

Ein Auto kam die Straße entlang, wurde neben uns langsamer, fuhr dann rasch weiter. Wir gingen davon, ein Paar wie viele, das einen Nachmittagsspaziergang unter dem Laubendach der Straßenbäume unternimmt. Schon bald würde der Ort wie ein Ameisenhaufen wimmeln.

Ich hatte richtiger gelegen, als ich wußte: Kreise in Kreisen in Kreisen. Michaels hochherziges Programm, um die Dankbarkeit seines Vaters zu vervollständigen, hatte zu einer enger werdenden Spirale geführt, die ungerechtfertigte Morde, hektische und kopflose Bewegung, den sinnlosen Tod des jungen Adrian an der Zufahrtsstraße ausgelöst hatte. Metallspäne, die zu Boden fallen.

Wir gingen die Freret entlang über den Broadway zur St. Charles und dort zu einer Straßenbahnhaltestelle auf neutralem Grund am K&B. Tulane- und Loyola-Studenten in Shorts, T-Shirts, Chinos, Polohemden. Katholische Schulmädchen, die amazonenartig die Hülle ihrer Fraulichkeit in karierte Röcke und ungebügelte weiße Blusen steckten. Meine Begleiterin wandte ihren Blick zu den Bäumen, die Bärte aus Spanischem Moos trugen.

»Wenn die Haube abgenommen wird«, sagte sie, »hat der Falke kaum eine Wahl. Er ist so etwas wie eine weiche Maschine, existiert nur, um sich fortzupflanzen und zu töten. Und töten kann er am besten. Töten ist der eigentliche Grund dafür, daß er lebt.«

Sie wandte den Blick zu mir.

»Es hat gut getan, zu sehen, daß keiner von uns den feinen Schliff verloren hat, den sie uns mitgegeben haben. Sie begreifen natürlich, daß ich Sie beschützen mußte. Weil Sie von meiner Art sind. Jetzt wohl der einzige.«

Sie war also tatsächlich eine von uns; sie, Planchat und ich. Oder nur noch ich. Die in Gerüchten kolportierte dritte Überlebende des Programms.

»Einen Moment«, sagte ich, als sie aufstand, um zu gehen. Die Straßenbahn walzte, bockend und schwankend, wie ein Kamel auf uns zu. Schockiert und verlegen ging mir auf, daß ich immer noch erwartete, immer noch wünschte, daß dies alles eine *Bedeutung* habe.

»Johnsson«, sagte ich. »Johnsson muß es gewußt haben.«

»Ja. Ja, das muß er. Auf einer bestimmten Ebene. Wenn nicht von Anfang an, dann ganz bestimmt später.«

Es regnete die ganze Nacht in New Orleans. Ich saß auf dem Balkon eines neuen Hotels im Quarter, pickte Häppchen von meinem Teller, pickte die Häppchen meines Lebens aus meinem Gedächtnis.

Regen trübte den Rest der Welt und überspülte mich, und als schließlich der Morgen dämmerte und ich aufbrach, hatte ich das

Gefühl, daß ich, wenn ich zurückblicken würde, mich verlassen in dem Stuhl meines alten Ichs sehen würde: Heuschreckenhülsen, die sich an die Bäume meiner Kindheit hefteten.

43

Sechs Tage später saß ich Gabrielle gegenüber am Tisch eines kleinen Restaurants in Washington D. C. Von draußen sah es aus wie eine Werkstatt für schnelle Ölwechsel, an die man eine Markise geklebt hatte; drinnen bot es reichlich gesunde Pflanzen, Kellner in Westen und Männer ab Fünfzig mit Rolex am Arm und in Begleitung von Frauen um die Zwanzig, die rote Kleider trugen. Außerdem bot es eine Vorspeise von Wachteln, für die man zum Mörder werden könnte, und eine gediegene, subtile kontinentale Küche, deren guter Eindruck nur unwesentlich durch die Reaktion des Oberkellners auf unsere Weinbestellung gemindert wurde: »Ja, super!«

Gabrielle sezierte einen Spinatsalat mit unendlicher Sorgfalt, während ich versuchte, zwei Schluck Kaffee hinunterzubekommen, bevor meine Tasse wieder nachgefüllt wurde. Blaise saß neben ihr und verteilte mit dem Messer Rehpastete auf einer Scheibe Brot, als würde es in der Geschichte dieser Erde nie wieder welche geben. Ich bin mir nicht sicher, aber ich glaube, er verdrehte jedesmal die Augen, wenn er einen Bissen nahm. Dann nahm er einen Schluck von seinem Wein, einem brasilianischen Cabernet, und verdrehte die Augen in die andere Richtung.

Unsere Unterhaltung war von entschlossener Oberflächlichkeit gewesen, wie es oft ist, wenn große Themen ihre Schatten werfen; auf Zehenspitzen waren wir um die Ränder verschiedener Abgründe herumgeschlichen. Wir sprachen über Wein und Essen, über Musik, Cendrars, Pavese. Vom Wetter und darüber, wie plötzliche Winde über die Ebenen von New Mexiko herfallen, wenn sich Türen aus farbigen Blitzen im Himmel zu öffnen beginnen.

Bei Suppe, Sorbet und Salm berichtete ich Gabrielle, was geschehen war. Geschehnisse der vergangenen Wochen, meine persönliche Geschichte, soweit ich sie kannte, die Gründe, warum ich sie bat zu gehen – im wesentlichen, wie ich es hier aufgeschrieben habe. Ich ließ sie die Fakten auf die Zusammenhänge, die sie schon kannte, aufpfropfen. Ich sagte ihr, als zuerst Planchat und dann sein Verfolger starb, sei ich mit ihnen gestorben, beiden unwiderruflich verbunden durch die Anfälle von *Anderssein*, die ich in vergangenen Krisensituationen erlebt hatte. Daß ich, wie festgenagelt und unfähig, zu denken oder zu reagieren, gespürt hatte, wie ihr Leben und mein Leben zu einem einzigen grauen Punkt zusammengezogen wurden, zu einem Punkt, der pulsierend immer kleiner und kleiner wurde, bis er fort war – bis nichts mehr da war.

Nichts.

Dann blickte ich ihr in die Augen.

»Und wer ist zu mir zurückgekehrt?« fragte sie schließlich. »Der Erschaffer oder der Killer?«

»Würde es dir angst machen, wenn du hörst: beide?«

»Es würde mir angst machen, wenn ich etwas anderes hören würde.«

Um zu entdecken, was wir wissen, müssen wir nur entscheiden, was wir nicht sehen werden. Meine Erinnerungen könnten sehr wohl falsch sein, aber sie würden letztlich genauso dienlich sein wie alle anderen. Jeden Tag rekonstruieren wir uns aus dem Bergungsgut unserer vorherigen Tage. Und ein Mann, der, wenn auch nur kurz, andere Männer gewesen ist, der mit diesen Männern in den

Schatten getaucht ist – ein solcher Mann hat bestimmt Wertvolles von dort mitgebracht, und er hat uns Dinge zu sagen.

Ich bin in mein Atelier zurückgekehrt. Dort habe ich oft wochenlang von Kaffee und Kochplattenmahlzeiten aus Eintopf und Suppe gelebt, und ich habe eine Flut von Skizzen produziert, von Bildern, Impressionen, Körperstudien und Skulpturen, die der längst aufgegebenen ähnlich sind. Viele dieser Werke, dieser Stücke waren wie aus einem Traum. Andere trugen in diese überfüllte, windzerrissene Welt eine erstaunliche Ruhe hinein: stille Orte.

Versuchen, es richtig zu machen.

Später gewann das alles ein vernünftigeres Tempo, und ich kam abends aus dem Atelier, um Musik und den Geruch des Cassoulet zu genießen, das ich Stunden vorher in den Backofen geschoben hatte; und manchmal waren auch Freunde da. Und wenn die Freunde gegangen waren, wenn Cassoulet, Salat und Brot gegessen waren, dann gab es immer einen warmen Herbstabend, erfüllt mit Sternen und dem Geruch und den Geräuschen des Lebens, ein letztes Glas Wein oder eine letzte Tasse Tee, immer der Mond dort oben, grinsend, als kenne er die Pointe. Und Gabrielle, immer.

Queneau in den Mean Streets

von
Martin Compart

Für Herausgeber – und mehr noch Übersetzer – ist James Sallis *die* Herausforderung oder schlechthin ein Alptraum! Der Mann, der einen der faszinierendsten und schwierigsten Stile in der zeitgenössischen amerikanischen Literatur schreibt, kann einem Übersetzer das Leben zur Hölle machen. »Das weiß ich«, grinst der Autor, »schließlich habe ich mir selbst als Übersetzer aus dem Französischen an Raymond Queneau die Zähne ausgebissen. Er war der erste französische Autor, in den ich mich verliebte. Seine Bücher sind sehr seltsam und schwebend. Er treibt eine Menge Scherze auf Kosten der Leser, deren Erwartungshaltungen und sich selbst. Es gibt nichts ähnliches in der englischen Literatur. Er hat mich sehr beeindruckt.« Ein Teil von Sallis' Originalität begründet sich bestimmt in der tiefschürfenden Beschäftigung mit Queneau und dem *nouveau roman*. Der *New Orleans Time* ist zuzustimmen, wenn sie schreibt: »Sallis trifft präzise jedes Detail und jede Nuance, jeden Schritt, jedes ölige Krabbensandwich und jede ausgebrannte Neonreklame … Sein Schreibstil ist elegant und sparsam – einfach atemberaubend.« Sallis ist keine simple Lektüre, aber wenn man sich erst einmal auf ihn eingelassen hat, wird man auf einzigartige Weise dafür belohnt. Sallis ist mit Sicherheit einer der vielseitigsten Autoren, die man in der schier unerschöpflichen, vitalen angelsächsischen Literatur findet.

Geboren wurde er am 21. Dezember 1944 in Helena, Arkansas. Als Kind schon war er ein begeisterter Science Fiction-Leser; seine erste Lektüre war THE PUPPET MASTERS von Robert A. Heinlein. Er studierte in New Orleans und an der Universität von Texas in Arlington russische und französische Literatur. 1964 bis 1966 war er Lyrikredakteur der renommierten kanadischen Literaturzeitschrift *Riverside Quarterly*. 1964 heiratete er zum ersten Mal. Damals verkaufte er auch seine ersten Kurzgeschichten: Science Fiction-Stories. Während eines Schriftsteller-Workshops traf er den britischen SF-Autor Michael Moorcock, der einige seiner Geschichten gekauft hatte und Herausgeber des avantgardistischen britischen Science Fiction-Magazins *New Worlds* war. Dieses Magazin hatte wesentlich die stilistische Weiterentwicklung des Genres zur sogenannten *New Wave* der sechziger Jahre vorangetrieben. Nicht mehr Edgar Rice Burroughs mit seiner Fantasy-SF oder Isaac Asimov und Robert Heinlein mit ihrer soziale Strömungen vernachlässigenden Hardcore-SF bestimmten die Richtung des Magazins, sondern Autoren, die sich eher auf William Burroughs und H. G. Wells beriefen. New Wave-Autoren wie James Ballard, Thomas Disch oder Norman Spinrad befreiten die erstarrte Science Fiction von den Pulp-Klischees und überschritten durch stilistische Experimente und neue Themen die verkrusteten Grenzen des damals vielgeschmähten Genres. Moorcock stützte auch finanziell das Magazin, indem er als Lohnschreiber Fantasy-Zyklen für andere Verlage verfaßte. Er wollte das Magazin nicht in Personalunion als Herausgeber und Redakteur führen und sich mehr auf seine schriftstellerischen Arbeiten konzentrieren. Also suchte er einen Seelenverwandten für die redaktionelle Tätigkeit. Nachdem er nächtelang mit Sallis über Science Fiction diskutiert hatte, bot er ihm den schlechtbezahlten Job als Redakteur von *New Worlds* an. »Ich wußte nichts über die redaktionelle Arbeit an einem solchen Magazin. Außerdem hatte ich kein Geld. Also nahm ich an.« Er ging nach London und betreute New Worlds bis 1968. Damals kam er erstmals mit Kriminalliteratur in Berührung: »Mike Moorcock gab mir seine Raymond Chandler-Bücher. Ich las das komplette Werk in drei Tagen und Nächten. Danach war ich nicht mehr derselbe. Chandlers Werk ist für die Literatur von größerer Bedeutung als viele Autoren, die von Akademikern in den Pantheon gestellt werden. Chandler ist mindestens so wichtig wie Hemingway oder Fitzgerald. Ich begann mich für das Genre ernsthaft zu interessieren und versuchte alle wichtigen Autoren zu lesen. Vor allem Jim Thompson, David Goodis, Chester Himes und Horace McCoy beeindruckten mich neben Hammett und Chandler.« Sallis lebte in einem kleinen Appartement in der Nähe der Portobello Road und teilte das pulsierende Leben der Swinging Sixties im damaligen Nabel der popkulturellen Welt. Die Freundschaft mit

Mike Moorcock, der inzwischen ebenfalls in den USA lebt (auch Schriftsteller wissen zu schätzen, daß die Lebenshaltungskosten in den USA bedeutend niedriger sind als in Europa), hält bis heute an. Neben Crime-Autoren und Science Fiction verschlang Sallis vor allem französische Literatur. Eine Leidenschaft, die ihn bis heute nicht losläßt und ihn 1993 SAINT GLINGLIN von Raymond Queneau ins Amerikanische übersetzen ließ. Als 1967 Auszüge aus Norman Spinrads Roman BUG JACK BARRON – eine bitterböse Geschichte über Medienmacht und Machtpolitik – erschienen, befaßte sich das Unterhaus mit dem Magazin, strich wegen Verbreitung angeblicher Obszönität die überlebenswichtige Kulturförderung und nannte Spinrad einen »Degenerierten«. Als dann auch noch W. H. Smith, der größte Zeitschriftenverteiler, New Worlds aus dem Vertrieb nahm, stand dem Magazin, das eine so wichtige Rolle in der Entwicklung der modernen SF gespielt hatte, das Wasser bis zum Hals. »Damals ging ich in die Staaten zurück, um meine Ehe zu retten. Es klappte nicht, und ich war zu arm, um wieder nach London zu gehen. Das bereue ich bis heute.« Er schrieb weitere SF-Stories und gab zwei Anthologien heraus: THE WAR BOOK (1969) und THE SHORES BENEATH (1970). Daneben arbeitete er eine Weile als Kunst-, Literatur und Musikkritiker für *Boston After Dark* und *Fusion*. Eine seiner großen Leidenschaften ist die Jazzmusik, und seine legendären Besprechungen in *Texas Jazz* führten zu den Büchern THE GUITAR PLAYERS (1982), JAZZ GUITARS (1984) und THE GUITAR IN JAZZ (1996). Er selbst spielt Waldhorn, Violine, Gitarre, Mandoline und Dobro und nennt seine musikkritischen und historischen Untersuchungen *musicology*. Einige Zeit spielte Sallis an Wochenenden in Clubs, um sein bescheidenes Gehalt als Lehrer aufzubessern. Er unterrichtete zeitgenössische Lyrik und Europäische Literatur am Clarion College in Pennsylvania und an den Universitäten in Washington, Tulane und Loyola, New Orleans, bevor er sich in Phoenix, Arizona niederließ, wo er heute mit seiner zweiten Frau Karyn lebt. Die 70er Jahre waren unstet, und Sallis ließ sich treiben, arbeitete in Krankenhäusern, kümmerte sich um Sterbende, schrieb Lyrik und soff die halben Alkoholvorräte des Südostens weg.

Ende der 80er Jahre beschäftigte er sich intensiver mit der Noir-Literatur und schrieb Essays über Jim Thompson, David Goodis und Chester Himes (sie wurden in dem Bändchen DIFFICULT LIVES, das 1993 im kleinen Brooklyner Verlag Gryphon erschien, gesammelt; auf Deutsch erscheinen sie als Anhang der Griffin-Romane). Als er Anfang der 70er Jahre in New York lebte, entdeckte er Chester Himes, dessen absurd-realistischen Romane ihn tief beeindruckten und zwei Jahrzehnte später Sallis Imagination für eine Noir-Serie aufladen sollten. »Meine Kenntnis von New Orleans und das Leben von Chester Himes inspirierten mich zu meinem Held Lew Griffin. Lews Passivität, die Art, wie er von Krise zu Krise getrieben wird und seine ausschlieflliche Liebe für weiße Frauen ist Chester Himes. Genauso sein Alkoholismus. Es gibt eine Menge Überschneidungen. Vieles ist von Himes' Roman THE PRIMITIVE (1955) inspiriert. Es ist das Buch von ihm, das ich am meisten bewundere. Ich kaufe jedes gebrauchte Exemplar in Secondhand-Shops, um es zu verschenken. Ich wuchs im Süden auf und kenne die Welt der Schwarzen. Ich liebe schwarze Literatur und schwarze Musik. Als Kind spielte ich ausschließlich mit schwarzen Kindern. Bis ich zehn Jahre alt war und man mir sagte, daß das nicht mehr ginge.« Natürlich bekommt Sallis heute öfters zu hören, daß es schon sehr merwürdig sei, daß ein weißer Autor über einen schwarzen Protagonisten schreibe. Aber da ist Sallis nicht der erste: Zuvor taten die schon Ed Lacey, John Ball (die beide mehr oder weniger für dieses Unterfangen mit dem *Edgar Allan Poe-Award* ausgezeichnet wurden) und Shane Stevens.

Mit dem ersten Lew Griffin-Roman begann sein großer Durchbruch. Nun wurde er als Romancier und Erneuerer des Privatdetektivromans ernst genommen. »Als ich begann, geschah in der Science Fiction ungeheuer viel neues. Michael Moorcock mit *New Worlds* und Damon Knight mit *Orbit* ermöglichten plötzlich tiefe, eigene Erfahrungen in phantastische Literatur umzusetzen, jenseits von *Space Operas*. Heute, denke ich jedenfalls, ermöglicht die Noir-Literatur diese innovativen Visionen bei einer eingeweihten Leserschaft. Die großen zeitgenössischen Kriminalliteraten sind großartige Schriftsteller, die auch außerhalb des Genres zu den besten zählen würden. Autoren wie Stephen Greenleaf, James Lee Burke oder George P. Pelecanos. Mit meinen Griffin-Romanen versuche ich die Energie und den klassischen Rahmen des Genres *Private Eye-Novel* mit intensiver Sprache und Charakteren zu verbinden. Damit das klar ist: Ich will das Genre nicht auflösen oder diskriminieren, ich nutze seine Kraft.« Trotzdem sind diese Genre-Romane weniger Privatdetektivromane als Romane über einen Privatdetektiv. »Ich lese *PI-novels* wegen der Atmosphäre und des Tons. Der Plot interessiert mich kaum.« Die weiteren Charaktere, alles ausgereifte, schillernde Persönlichkeiten, sind meistens Angehörige gesellschaftlicher Außenseitergruppierungen: Drogensüchtige, Homosexuelle, Prostituierte und Nachtarbeiter. »Ich selbst habe fast immer eine Randgruppenexistenz geführt und kenne diese Menschen am besten. Vielleicht mache ich es mir damit zu einfach, aber meine Werte – und die in meinen Büchern – sind mit Sicherheit nicht die der Mittelschicht. Eines meiner größten Vergnügen in diesen Romanen ist das Brechen von Klischees. Ich nehme ein Stereotyp wie etwa einen Privatdetektiv, um dann die gewohnten Vorstellungen zu brechen. Mit DEINE AUGEN HAT DER TOD habe ich dasselbe für den Agententhriller versucht.«

Neben den Romanen nehmen Literaturkritik und Essays weiterhin breiten Raum in seinem Schaffen ein. Er schreibt regelmäßig für die *Washington Post*, *New York Times Book Review* und die *L.A. Times*. Als begeisterter Kriminalliterat hat er trotz seines Erfolges aber nie seine Verbundenheit mit dem Fandom verloren, und so schreibt er weiterhin unentgeltlich für *Mystery Scene*, *Crime Time* und andere Magazine hochkarätige Besprechungen und Kritiken. Seine jüngsten Essays über George P. Pelecanos' DAS GROSSE UMLEGEN (DuMont Noir Band 6) und James Lee Burke (die in dem DuMont-Noir Reader NOIR-2000 auf Deutsch erscheinen werden), gehören zum Intelligentesten, das über das Genre geschrieben wurde.

DEINE AUGEN HAT DER TOD war vielleicht ein einmaliger Ausflug von Sallis in die Welt der Geheimagenten. Aber der beklemmende, aufwühlende Roman ist – typisch Sallis – nur insofern ein Roman über Spionage und Agenten wie Graham Greenes BRIGHTON ROCK ein Roman über Jugendkriminalität in Südengland ist. Es ist ein existentielles Katz-

und-Maus-Spiel auf dem gigantischen Spielbrett der amerikanischen Landschaft und führt durch Diners und Motels, die das Schlachtfeld sprenkeln wie Plastikhäuschen ein Monopolybrett. Eine metaphysische Reise durch das Herz der Finsternis des amerikanischen Traumes. Jonathan Lethem verglich das Buch mit Borges und Trevanians Klassiker SHIBUMI. Sein Hauptwerk bleibt nach wie vor die Geschichte von Lew Griffin, die er, beginnend mit DIE LANGBEINIGE FLIEGE (DuMont Noir Band 11), in bisher fünf Romanen erzählt, die man als *nouveau Privatdetektivroman* bezeichnen muß. Wie Queneau bricht Sallis die Erwartungen, die der PI-Genre-Leser den Büchern gegenüber hat. Als Queneau der *Mean Streets* ist sich Sallis der Künstlichkeit der Genrestruktur bewußt und läßt trotz aller Ernsthaftigkeit keinen Zweifel am fiktionalen. »Wenn Sie nicht wissen, daß Ihnen in diesen Seiten eine Geschichte erzählt wird, dann frage ich mich, wo zum Teufel Sie in den letzten vierzig Jahren gelebt haben? Schließlich geht es darum im Roman.« Weiterhin überträgt er Rimbauds ästhetisches Konzept auf die Genre-Literatur: Pop-Literatur und populäre Kunst ist gemeinhin bestätigend. Sie sagt dem Rezipienten, daß alles, was er glaubt, richtig ist, bestätigt seine Sozialisation. »Man ist ein braver Junge, wenn man an die Normen glaubt. Wahre Kunst behauptet das Gegenteil: Woran du glaubst, ist nicht richtig. Nicht einmal annähernd. Also sollten wir mal ein bißchen nachdenken.« THE LONG-LEGGED FLY (DIE LANGBEINIGE FLIEGE) wurde für den *Shamus-Award* nominiert, ebenso MOTH; BLACK HORNET für den *Golden Dagger Award* der britischen Crime Writers Association und EYE OF THE CRICKET für den *Anthony Award*. Er erweitert das in Agonie dahinvegetierende Genre mit stilistischen Innovationen. Dasselbe taten in den 60er Jahren die New Wave-Autoren James Ballard, Brian Aldiss, Mike Moorcock, Sam Delaney (über den Sallis gerade einen Essay geschrieben hat) und andere in *New Worlds* für die Science Fiction. Der Kreis schließt sich.

Bibliographie:

A Few Last Words, 1972 (Kurzgeschichten)
The War Book, 1972 (Anthologie)
The Shores Beneath, 1973 (Anthologie)
The Guitar Players, 1973 (*Musicology*; Anthologie)
Jazz Guitars, 1982 (Musikkritik)
Difficult Lives, 1993 (Essays über Jim Thompson, Chester Himes und David Goodis)
The Guitar Players, 1994 (Erweiterte Neuauflage)
Limits of the Sensible World, 1994 (Mainstream-Kurzgeschichten)
Renderings, 1995 (Roman)
The Guitar of Jazz, 1996 (*Musicology*)
Ash of Stars, 1996 (Essays)
Death Will Have Your Eyes, 1997 (Thriller. Deine Augen hat der Tod, DuMont Noir Band 7)
Chester Himes: A Life, 1999 (Biographie)

Lew Griffin-Serie:

1. The Long-Legged Fly, 1992 (Die langbeinige Fliege, DuMont Noir Band 11)
2. Moth, 1993
3. Black Hornet, 1994
4. Eye of the Cricket, 1997
5. Bluebottle, 1999.